Misa

泡沫
Misa —— 著

目次

楔子……005
CHAPTER 1 大海……007
CHAPTER 2 小島……081
CHAPTER 3 人魚……153
CHAPTER 4 泡沫……207
後記……252

楔子

墜落

當全身都浸在水中時，有一種很奇特的感覺。

明明該是失去重力浮著，卻又覺得重到一直往下沉。

不對，他不該往下沉的，他的下方是椅子，勒住自己的是安全帶，他在車子裡頭的後座才是。

如果他已經離開了車子，那爸爸呢？媽媽呢？妹妹呢？

一想到這點，他便焦急地想左右張望，可當動作一急，便吃進了更多的水，他感覺肺部充滿了液體，每一秒的時間流失都只有痛苦。

請讓這痛苦消失，也讓我解脫吧。

他在心裡這麼祈求，反正就算他睜著眼睛，在一片漆黑的海水中，也什麼都看不到……

然而一道飄揚、宛如銀河般的光亮出現在眼前。

這或許是死前的最後錯覺，也或許是死神來迎接他了。

所以他閉上眼睛，迎接死亡。

Chapter.01
大海

韓初恩一直都記得，自己終於滿十八歲的那天所發生的事情。

一直以來，他輾轉寄住在不同的親戚家中，唯獨叔叔家中是他待的最久的一家。

雖然這些年來的生日不是沒有吃過蛋糕，但相比十八歲那天的大張旗鼓慶祝，讓他沉浸在那份難得的喜悅之中，稍稍抱持著希望。

他們送上了禮物、蛋糕以及祝福。還問了他有什麼生日願望，韓初恩在內心想著，希望能繼續住在這邊，成為真正的「家人」，但是他嘴上還是說出了「希望大家都身體健康」這樣無傷大雅又大愛的願望。

那天晚上，他還作了夢，夢見了他真的成為了叔叔的家人。

然而夢總是會醒，隔天嬸嬸堆著笑臉，問他住的地方找好了嗎？

「我想，離你大學近一點，你上課也方便是吧？」

嬸嬸連他大學考上哪裡都沒有問過，卻預先想像了他一定會搬出去。

是，他一定會搬出去，應該說，他勢必得搬出去。
「當然，嬸嬸，我已經找好了。」他也堆起了笑容，不讓場面太過難看。
他知道正在客廳的叔叔正張大耳朵偷聽，也知道堂弟正從房間的門縫偷看，還有正在倒咖啡的堂姐從廚房發出笑聲。
他們一家人，都等著他離開已經好久了。
「事實上，我今天就打算去簽約，然後馬上就搬過去。」他說謊。
「真的啊？為什麼這麼急呢？需要我們幫忙嗎？」嬸嬸眉開眼笑地，遮掩不了她的喜悅。
「不用的，我的東西不多，等等簽約就直接入住了。抱歉這麼臨時通知你們。」
「沒事，別擔心。」堂姐輕快的聲音從廚房傳來，韓初恩扯了嘴角一笑，在客廳的叔叔則走來餐桌邊。

「要送你過去嗎？」他的表情有一絲絲愧疚，但分不出是對於自己，還是對於家人，又或是對於他的哥哥，也就是韓初恩的爸爸。

「不用，我自己去就行了。」韓初恩在這些年早就放下了對家人的期待，對於昨晚竟然還產生希望的自己感到羞恥。

他回到與堂弟共用的房間，堂弟則在一旁看著他從角落的櫃子拿出背包並且把為數不多的衣服與物品放入。

「欸。」堂弟忽然開口，「那枝筆是我的。」

韓初恩看了一下手中的藍筆，原本還想說些什麼，但想想還是算了，他將筆放到一旁的筆筒，筆筒裡少說還有幾十枝比手上這枝油性筆好上一百倍的筆，但堂弟就是要他手中這枝。

「那我就走了。」他背起了包包，在這住了三年，而他的東西少得可憐。

沒錯，三年，而這已經是他待過最久的家了。

「掰掰。」堂弟喜孜孜地笑著，而他在嬸嬸、堂姐、堂弟與叔叔的目送下穿上了鞋子，對他們行了個禮，然後便準備開門。

「等一下。」忽然叔叔喊了聲。

「老公。」嬸嬸像是害怕叔叔反悔，出聲喝止。

「我送你去吧。」叔叔拿起車鑰匙和外套。

「不用啦，叔叔，我自己……」

「走吧。」叔叔穿好鞋子後直接開門，韓初恩又望了下嬸嬸和堂姐、堂弟震驚的表情，還是朝他們頷首後離開。

「我終於可以獨占房間了。」關門前，他聽到了堂弟這麼說。

他和叔叔一路無語甚至有些尷尬地到了地下一樓，韓初恩還在猶豫要不要上車，但叔叔又喊了他一聲。

叔叔是他爸爸的弟弟，爸爸死之前跟叔叔家借了不少錢，死了當然沒有錢可還，不僅如此，還留下他這個拖油瓶拖累了他們整個家庭。

韓初恩自小就在眾親戚間如皮球般輪轉，在媽媽的姐姐家住了兩年，最後被說家裡有青少女不適合韓初恩在，之後轉到了媽媽的弟弟家，但弟弟的老婆發瘋似地拒絕他的到來，於是住了一個禮拜就離開。後續其他親戚也都大同小異，每個人都認為韓初恩是個大麻煩。

這不能怪他們，因為父母經商失敗，跟親戚們都借了為數不小的金額，又因為意外落海而無法還款、保險也不理賠，唯獨他奇蹟生還，這下子他變成了眾親戚的負擔。

「他們死了還不乾脆點，留下個拖油瓶，就連死後也要繼續給大家添麻煩。」

他不知道聽誰說過，也或許每個親戚都這麼想。

韓初恩不時在想，或許他當時也應該一起死才對，獨活下來就像是背上插著劍，每一步路都走得艱辛、每一次呼吸都是疼痛，但他唯一能做的卻是活著。

他活得，很無力。

「初恩，上車吧。」叔叔見他待在原地，便喚了聲。

「真的不用，叔叔，我自己搭公車就……」

「我送你吧。」叔叔堅持。

一直以來，叔叔都像是逃避韓初恩的存在，無論堂姐、堂弟怎麼對他冷嘲熱諷，或是嬸嬸若有似無地表達了不滿意他的存在，叔叔總是裝聾作啞。

所以韓初恩不明白叔叔此刻的反常，但他想，或許叔叔不想當個壞人罷了。

當車子駛出地下室時，叔叔開口問了：「你跟房東約在哪邊簽約呢？」

韓初恩拿出手機點開了訊息，然後說：「我們約在捷運站簽約。」

「捷運？」叔叔狐疑，「不會被騙吧？你有看過房子了嗎？」

「看過了，因為他是二房東，等等要去中和簽約，所以才跟我約在捷運站。」他行雲流水說著，「所以叔叔送我到捷運站就好了。」

叔叔嗯了聲，轉彎後過個路口就到捷運站了，其實非常的近。

「謝謝叔叔，保重身體。」韓初恩端起了微笑，準備下車。

「等一下。」叔叔忽然從口袋拿出了存款簿和印章，「這個給你。」

韓初恩一愣，那上頭寫的是自己的名字。「這是？」

「沒有多少，但是我唯一能做的。」叔叔的臉上，露出了這些年來沒有過的表情，是愧疚？虧欠？罪惡感還是什麼？韓初恩不知道。

「不用，叔叔，不……」

「拿著吧，這樣我會心安一點。」他將這塞入了韓初恩的掌心，「我、我真的……」

他知道叔叔想說什麼，但也知道叔叔說不出口。

叔叔和爸爸雖然是兄弟，但叔叔有自己的家人。

「謝謝你，叔叔。」他明白這是叔叔所能做到的最極致表達親情的方式了，所以他點點頭，接下了這份心意。

「有空的話，記得打電話給我。」叔叔說。

韓初恩笑了，並沒有回答。下了車後，他看著駛離的車子，內心默默想著：「叔叔，你也有我的電話，如果真的想念我，也可以打給我。」

然後他轉身，並沒有走入捷運站。

他根本，沒有找好房子。

或許在他內心深處也期待著，雖然親戚們不樂見他，但不會一成年就把自己趕出來，他原本以為自己還有時間，沒想到會這麼匆促。

他的生日在九月初，距離大學開學還有一個禮拜，他以為最少、最少也會等到他開學半年……不……是他的問題，他怎麼這麼多年還沒認清自己對親戚們來說就是累贅呢？

「唉，當時或許該一起死比較好吧。」他淡淡地說，最後能去的地方只有便利商店。

他很早就學會不哭泣，現下的狀態就是快點找好房子。叔叔給的金額比他想像的還要多，至少能保全一年的房租與押金，而他這些年來存下的一些錢，也能抵幾個月的生活費。

於是他一面在網路找尋租屋消息，一面也看看有沒有可以增加的打工機會。

感謝網路的發達，他很快地在大學討論區裡頭找到了合租的消息，於是馬上打電話詢問對方。

「請問你是幾年級哪個系？單身嗎？會抽菸或是有沒有養寵物？」一個稚嫩的聲音從話筒那方說著，韓初恩立刻說出自己的資訊。

「那好吧，我一個小時後要去打工，你方便三十分鐘內到嗎？」

「可以。」韓初恩邊說邊快步走出便利商店，搭上捷運。

他的大學其實並不遠，當初懷抱著希望的他甚至想過能從叔叔家通勤。可惜的是他還是太天真了，他終究是個外來者。

但是他不怨懟，因為他的確就是外來者。叔叔家裡對他仁至義盡了，尤其在他的爸媽……不，不想這些了。

他得自己努力地活下去，縱使知道活下去也沒有任何意義。

於是他用力眨眼，讓眼眶中的水氣散去，並告訴自己，這是最後一次為了「家人」的事情感到受傷，從今以後，他唯一的家人就是自己。

韓初恩抵達約定地點，便打了電話給方才的男同學，從他的聲音聽起來感覺像是白面書生，所以當一個滿身肌肉的大塊頭出現時，韓初恩嚇了好大一跳。

「就是你要來看房子對吧？」大塊頭問。

「喔，對。」韓初恩看了一下上方的透天厝，有些疑惑，「沒想到臺北還有整棟透天厝出租。」

「這裡是我老家，但我們全家都搬到臺南好幾年了，要不是我大學考回臺北，原本都要賣掉了。」大塊頭詳細說明，並帶著韓初恩來到客廳。這裡一應俱全，與其說是租屋，不如說是住家。

「反正我一個人住空間也很大，不如就分享給同學校的有緣人。四樓是頂樓陽台，洗衣機、曬衣場都在那，我和同系朋友住在三樓，二樓一間給你，另一間是運管系的男生。」他邊說邊要韓初恩坐到沙發上，並且把合約遞給韓初恩，「我叫徐品超，在你簽名前還有一件事情。」

「嗯？」正準備簽名的韓初恩停下了手。「要預繳嗎？」

「不，那個還好，每個月準時就好了。」他看起來有些欲言又止，「那個啊，我們幾個人其實有加入一個社團，總之就是缺人，如果方便的話……」

「我加入。」韓初恩說完便在合約上簽名蓋章。

「啊？這麼乾脆，你都還不知道是什麼社團耶。」徐品超很是驚訝。

「什麼社團都沒差，反正我對什麼都沒興趣。」韓初恩頓了下，覺得這樣回話並不妥，顯得有些無情且高高在上，於是補充，「也可以說對什麼都有興趣。」

「喔……也沒有強硬規定你一定要參加才能租屋啦，只是想說問問看，能參加當然最好，因為住在這裡的都是同一個社團，但要是你真的沒有興趣也不勉強加入……」這讓韓初恩有些意外，與外在硬漢形象有些落差的徐品超，居然會在意自己的感受。

但他也猜想，或許是自己回話的態度和語氣讓徐品超誤會了，他立刻更正，「我的表達能力不太好，但我沒有不好的意思，請不要誤會。我是真的覺得無論是什麼社團我都可以，一點也不勉強。」韓初恩解釋著，「那麼，是什麼社團呢？」

「呃，希望你不要覺得奇怪，但是這個要怎麼講，還真難開口……」這下子換徐品超有些扭捏了。

明明是徐品超先邀請了韓初恩加入社團，怎麼問了後又似乎難以啟齒呢？

「難道你覺得很丟臉嗎？」忽然一個男生雙手環胸地站在樓梯邊，他穿著輕便的居家服，皮膚白皙，看起來有些瘦弱，臉上掛著輕佻的表情。

「周文。和我同系也同樓的朋友。」徐品超對韓初恩介紹，然後尷尬地看著周文說：「不是丟臉，但就難以啟齒。」

「那不就是覺得丟臉的意思嗎？」周文走了過來，看了下租屋合約上的名字，「韓初恩？這名字有點女性化呢。」

「周文！」徐品超出聲制止。「抱歉，他沒有惡意，只是講話比較直接。」

「沒惡意。」周文笑著雙手高舉，但韓初恩並沒有特別感覺。

他早就失去了各種感觸，要是太過在乎每個人對待自己的態度，那他是沒辦法在親戚家撐過那些年的。

「因為我是爸媽朝思暮想好幾年才盼到的孩子，初恩的意思就是『最初的恩惠』，表示他們認為我的到來是場恩賜。」他說著自己都覺得諷刺的話。

「那怎麼不叫恩賜？」周文又說，卻被徐品超用手肘推了一把。

但周文的態度，倒是讓韓初恩覺得輕鬆了不少，像這樣不會同情氾濫的類型對他來說剛剛好。

「我們的社團算是研究一些傳說，每一次主題都不太一樣，就看當年大家對什麼有興趣。忘了說，我們是大三。」

「今年的主題比較特別，講出來也比較會惹人發笑。」周文聳肩，這時候大門傳來機車引擎熄火聲，門被推了開來，戴著安全帽的高眺男人踏入。

「雷向日，大二生。跟你住同層。」徐品超介紹。

雷向日拿下安全帽放在入口的鞋櫃上，然後朝韓初恩點點頭。他有著一頭微捲的中長髮，髮尾部分紮起了一小撮。

「我們在跟他講社團的事情，但品超好像覺得很丟臉，一直含糊不清。」周文告狀。

「我沒有覺得丟臉，只是很難讓人相信啊。」徐品超解釋。

「喔，聽起來的確很怪啊。」雷向日一笑，「我們在探討人魚傳說。」

韓初恩一愣，「人魚？」

是他知道的那個人魚嗎？小美人魚嗎？

「我知道你內心想什麼，一般人一定會先想到小美人魚。的確是美人魚，但不是小美人魚。」徐品超趕緊解釋，「我們雖然只是玩票性質的社團，但姑且還是有做點功課，也會趁假日田野調查。」

「是啊，我們去年是做什麼鄉間傳說，還到了徐品超阿嬤家住了一個月，探查鄉下的冥婚習俗。」周文邊說邊搓著手臂，「有夠詭異。」

「總之，今年在雷向日的建議下，我們決定探查人魚傳說，這樣子你有興趣嗎？」徐品超問。

「臺灣有人魚傳說嗎？」韓初恩皺了眉頭。他對人魚唯一的印象，就是美人魚的童話故事。

「有，在我老家，澎湖那曾經聽說過人魚的事情。」雷向日將防風外套放到了一旁的吊衣桿上。

「所以我們打算趁下次連假跑一趟澎湖，順便觀光一下。」周文興致勃勃。

「……我可以問一下，為什麼會對人魚有興趣嗎？」

「如果你沒興趣我們也不勉強，就當幽靈社員幫我們衝人數……」徐品超洩氣地說。

「不是，我只是想問為什麼會選人魚？相比鄉下冥婚習俗這種有依據的來說，人魚更像是傳說生物吧？很大的機會是什麼也查不到的。」韓初恩問。

「你聽過水手傳說嗎？」忽然雷向日開口，「相傳水手在夜晚的海上，會聽見優美的歌聲，想當然耳找不到來源，但那歌聲卻就像是在附近，水手們最終會發狂，跳入海中要尋找聲音……那就是人魚的歌聲。」

「人魚的歌聲會媚惑水手，但至於媚惑水手要做什麼就不得而知了。」徐品超補充。

「反正不是好事，總不可能是邀請他們到城堡作客吧？」周文冷笑了聲。

「這樣就變浦島太郎了，傳說重複囉。」

「但這也只是傳……」

「我爸是捕魚的，他有次捕魚回來說聽見了傳說中的歌聲，我是第一次看見我爸露出了害怕的神情。後來為了家計還是出海幾次，每一次回來都說歌聲更清楚了，而他也越來越魂不守舍。某天夜晚，他說聽見了歌聲要出去看看，從此再也沒回來。」雷向日望向韓初恩，「這樣算是有依據了吧？」

「……抱歉，我不是那個意思。」韓初恩咬著唇，「我小時候全家出遊時，不小心開車落海了。」

「啊？」所有人倒抽一口氣，也不明白為何他會忽然提到這令人遺憾又尷尬的話題。

「全家只有我倖存。」韓初恩說著，「海裡有什麼生物的毛髮是銀白色的嗎？」

「呃，這……」他們三個互看，不明白這意思。

「只有我獲救了，在我模糊的記憶之中，我感覺有人將我拉出車外，也感覺有人帶著我游往海面上，但我眼前只有一團銀白色的髮絲。」

「我的天啊，你要說……是人魚救了你嗎？」周文再次起了雞皮疙瘩。

「我不知道，我也從來沒想過人魚這個選項，甚至連這件事情也沒有跟任何人提起，因為我知道不會有人相信我。」韓初恩看著他們三個，「直到這刻。」

「哈、哈哈！」徐品超大笑，而周文則過來用力拍了韓初恩的肩膀，雷向日則聳肩，朝他伸出了手。

「那我們，就一起找出人魚吧。」

聽起來十分可笑又荒唐，但韓初恩卻也相信了人魚或許存在的這件事情。

他們約定好等下次連假便出發至澎湖，雷向日已經和家裡聯繫過，張羅好住宿也買好船票了。

「我媽一直都不相信人魚傳說，還說我爸那時候就是腦子壞掉還怎樣的。」

雷向日將飲料罐丟入垃圾桶。

「但是你相信。」韓初恩將鋁箔包壓平，吸管不忘拿出另外丟。「你聽過嗎？

人魚的歌聲。」

「……沒有，但也不知道算不算有。」雷向日猶豫了下，「我爸出去的那晚，我跟著他一起走了，我原先只是想，他或許生病產生幻覺了，陪著他走一段路就會回家。我一路跟著他到了海邊，海風很大，呼嘯的風聲第一次刺痛了我的耳朵，那就像是有人在遠處，又像是在很近的地方尖叫咆哮一樣。」

韓初恩嚥了口口水，在人聲鼎沸的學生餐廳中，他竟覺得有些寒意。

「我因為受不了那刺耳的聲音，所以遮住了耳朵。因為受不了強風，所以閉上了眼睛。那都是不到一秒的事情，可是當我張開眼睛，我爸就不見了。」雷向日握緊了拳頭，「他的腳印從沙灘一路往海走去，他就這麼消失了。」

「這……」

「沒有遺體、沒有自殺理由、沒有消失理由，唯一可疑的就是人魚的歌聲。但是除了我爸，其他出海的人都沒聽過那聲音，一部分的人相信我爸被人魚拐走，但絕大部分的人，包含我媽，都覺得我爸就是有幻聽幻覺罷了。」

「你什麼都沒看見嗎？」

「什麼？」

「在你爸消失的時候，你不是跟在後面了嗎？」韓初恩皺眉，「閉眼的時間不過瞬間的事情，無論他是自己跑入海中或是躲起來，一定都能找到蛛絲馬跡。除非他是被人拖進去海裡……但即便如此，你應該也能看到點什麼。」

「……我以為是水霧，或是海上船隻的燈，又或是月光倒影還是眼花了。」

「你說什麼？」

雷向日的眼睛露出了些微驚恐，「在你昨天說出銀白色的髮絲時，我才想起了自己也看見了一樣的東西。」

「你確定嗎？」

「不是很確定，但又覺得應該沒錯。」他嚥了口水，「我在海面上看見銀白色的散狀物。我以為是月亮或船隻燈光的倒影，但仔細想倒影不會出現在離岸邊這麼近的地方才是。而且那銀白一閃而逝，不是忽然全部消失那樣，就像是慢慢沉入海底……從外至同心慢慢消失……」

「……雖然不能確定我們看見的是不是同一種東西，或是我們就是看錯了。但就算沒看錯，也不能確定就是人魚。」

「是啊，所以我們才需要訪查。雖然也不見得可以找到答案，但有試總比沒試好。」雷向日聳肩。「說不定我爸都跟人魚共組家庭了，被找到應該也很苦惱吧。」

見他還有心思開玩笑，韓初恩也稍稍覺得放寬心了一些。

反正他每日也是得過且過的，不如找些事情做，讓他有些走下去的動力吧。

「你今晚是打工第一天吧？」

「對，謝謝你介紹給我。」

「沒什麼，反正我剛好不做了，他們也正在找人。」雷向日聳肩。
「薪水不錯，時間和地點也好，你為什麼不做了？」韓初恩好奇。
「那邊有個……」雷向日歪頭，不知道該怎麼解釋，「反正我覺得怪怪的，但應該是針對我而已，所以你不用擔心。」
「這樣講真是令人放心呢。」韓初恩笑道，但也不甚在意。
「喔，你們兩個一起吃飯啊？」周文和徐品超端著餐盤坐到他們旁邊。
「他介紹我打工的地方，今晚第一次去。」
「喔，就是有怪人的那個……」周文說到一半後住嘴，露出了壞笑，「不說、不說，讓你自己去體驗。」
「不好吧，告訴他吧？」徐品超有些擔憂。
「那說不定只是針對我，搞不好初恩沒事啊。」雷向日補充。
「謝謝大家，我覺得非常放心。」韓初恩聳肩，他真的一點也不擔心。

因為他下午有課，所以先行離開學生餐廳，走往教室的路上，他感受到了暖風與陽光，相當溫暖，一旁甚至鳥語花香，他覺得很舒服，輕輕閉上眼睛，感受這難得的平靜時光。

「啊。」結果就在閉眼的時候撞到了人，一個輕柔的聲音驚呼，這讓韓初恩立刻睜眼。

「對不起，我不是故意的。」韓初恩趕緊道歉。

眼前的女孩身高只到他的胸前，她捂著鼻子露出尷尬的笑容，一頭漂亮的長捲髮像是漫畫人物般。

「我自己也沒有看路，啊……」女孩露出了抱歉的神情，食指比著韓初恩的胸前，「那個，你的衣服……」

韓初恩低頭，見到女孩的唇印烙在白色上衣上，那看來是洗不掉了。

「對不起，這衣服多少錢，我賠給你吧？」女孩低頭狂道歉，但韓初恩卻笑了聲。

「這樣看起來好像很有行情呢。」他調侃了一下，然後對女孩搖頭，「沒關係，這衣服很便宜，況且也是我沒看路的關係。」

「這樣好嗎？」

「嗯，就這樣吧。」上課鐘聲響起，韓初恩對女孩點了點頭後，便往前方的教室走去。

女孩看著韓初恩的背影走入了教室，默默記下教室位置，打算晚點再回來看這堂是什麼課程，以及那個男生叫什麼名字。

她輕輕勾起了嘴角，往走廊另一邊的教室走去。

而韓初恩雖然一邊上課，但還是忍不住搜尋了網路上關於人魚的傳說。他搜尋了人魚頭髮的顏色，結果出現了一堆挑染、漸層染的建議與圖片。於是他加上傳說兩字，終於出現了相關的資訊。

大多都說，人魚的頭髮是閃耀紅寶石光芒的紅色，又或是飄揚的金色。不過，倒是意外看見了其他恐怖的人魚圖像，看來人魚並不「美」呢。

「韓初恩，看什麼啊？」忽然教授點名，他趕緊關閉螢幕，草草結束了第一次關於人魚的搜尋。

晚上，他來到雷向日推薦的打工地方，是一家義大利麵餐廳，在店長的介紹下，大家都很歡迎他。不過沒有辦法寒暄太久，很快地就到晚餐時間，所有人必須快速就定位。

韓初恩有豐富的打工經驗，外場的工作並不會太難，他行雲流水地完成了點餐送餐，雖然還是有些生疏，不過算是得心應手。

因為客人絡繹不絕，很快就來到打烊時間，當他把椅子抬往桌上時，注意到外頭有個人正在張望。

玻璃門上的告示已經轉成打烊字樣，還在張望可能是在找人吧。正當他想詢問其他同事時，一個短髮的女生已經跑去推開自動門，「映海，妳今天怎麼過來了？」

「我剛好經過，想說過來看看。」從韓初恩的角度看不見女孩的臉，但她似乎還在往裡面張望。

「別找了啦，雷向日不在。」而女同事像是知道女孩的心思，無奈一笑道。

「不在？怎麼會，他今天不是有班嗎？」

「他喔……呃，我們也是今天才知道的，他離職了。」

「離職？」女孩大聲驚呼，「為什麼這麼突然？」

「不知道。」

「這樣人手夠嗎？」

「今天來了個新人，就是他介紹的。」女同事邊說邊往韓初恩這邊比，韓初恩下意識趕緊低頭，假裝在擦拭桌邊角落。

「喔……」女孩只是瞥了一眼，似乎不感興趣。「那……」

但是下一秒，女孩停頓了，接著她馬上踏入餐廳內朝韓初恩的方向走來，那腳步又急又快，下意識讓韓初恩想要逃走，但是他站的地方已經是角落位置，沒有地方可躲。

就在他還在猶豫思考時，女孩已經出現在他面前。

她有著深刻且明顯的雙眼皮，烏黑的長髮紮成馬尾在後，白皙的肌膚與紅潤的唇，美得像是電影明星一般。

在見到韓初恩的瞬間，女孩愣了下，接著開口：「你是雷向日找來頂替的嗎？」

「咦？對……」

「所以他不會再來了嗎？」她繼續問。

「不會了，他已經離職。」韓初恩說著，「不好意思，借過一下，我還要去掃別的地方。」

「我叫陳映海，以後我們就是同事了。」在韓初恩走過她身邊時，女孩轉過頭對他自我介紹。

「喔……喔。」韓初恩不知作何反應，只能點頭頷首，然後就往廚房方向走去。

在他進到廚房前，回頭又看了眼對方，陳映海已經不在那了。

回到家後梳洗完畢，韓初恩準備看一下書便入睡，此刻卻傳來敲門聲。

「初恩，你睡了嗎？」雷向日在門口問。韓初恩起身開了門，見到雷向日似乎有話要說。

「怎麼了嗎？」

「你今天第一天上班，情況如何？」

「還不錯啊，大家都很親切，也沒什麼狀況。」

「是喔。」韓初恩注意到，這並不是雷向日想要聽到的事情。「怎麼了嗎？」

「有沒有一個特別奇怪的女生？」

「奇怪？沒有啊。」

雷向日歪頭，似乎很不解，「我換個方式問好了，有沒有人問到我？」

他的腦中馬上閃過陳映海，「有一個叫做陳映海的……」

這下子雷向日瞪大眼睛，「她今天沒有班，還是特意過去嗎？」

「她說她剛好經過……」

「她每次都這樣說。」雷向日搖頭，「她問了些什麼？」

「她只問我你是不是不會再去了，之後就說她叫做陳映海。」

「就這樣？沒了？」

韓初恩搖頭。

「她沒有跟你追問我其他事情嗎？」

「沒有，怎麼了？她是你前女友嗎？」

「怎麼可能！」雷向日嘆了口氣，「如果她問到我，你就當作跟我不熟，不要洩漏我們是室友的身分。」

「嗯，不過我再來跟她也會是同事，如果方便還是跟我講清楚比較好吧，以免我說錯話。」韓初恩雖然不好奇他們的事情，但以防萬一，還是得確定一下比較保險。

「其實也沒什麼，我好幾次都覺得是我想太多，但更多時候又覺得自己沒有誤會。」雷向日雖然有點猶豫是否要說，但畢竟韓初恩已經在那工作了，加上陳映海也主動問起雷向日的事情，還是給個清楚交代得好。

他是在打工的地方認識陳映海，他記得自己第一天報到時，陳映海看見他時露出了非常驚訝的表情，就好像以前認識他一樣，但她後來給的理由是，長得很像曾經認識的人。

後來，陳映海時常有意無意地和他聊天，詢問他一些日常生活。一開始，他以為陳映海對自己有意思，因為她長得非常漂亮，所以雷向日也有些心花怒放。但很快地他發現，陳映海不像對自己有意思，雖然是在打聽私事，可是比較像是在探查過去一樣。

況且，她對於自己很執著，時常有意無意地出現在他的周遭，詢問他的行程以及過往，就像是在監視他一樣。

「所以我就決定離職，周文和品超總開玩笑說她是我的跟蹤狂，但她只對我會這樣，對其他人都不會如此，所以我才沒有一開始就告訴你，怕讓你對她有不好的印象，雖然我現在也還是說了……」

「我明白了，我不會對她透露你的私人資訊。」韓初恩也十分乾脆。

面對他如此淡薄的反應，雷向日有些意外，但也沒多說什麼，便點個頭後離開了。

韓初恩關上房門回到自己床上，忽然失去了看書的興致，閉上眼睛，沉沉睡去。

「嘿，你叫韓初恩對吧？你還記得我嗎？」綁著雙馬尾的鬈髮女孩坐到自己面前，這讓韓初恩愣了下。

女孩嘟了一下嘴唇做了提示，韓初恩馬上想起是前些時候撞到的人。見韓初恩想起了，女孩笑了笑問：「你的衣服還好嗎？」

「我有上網查洗去唇印的方法，順利洗掉了。」韓初恩說。

「那太好了，本來我還打算請你吃一餐當賠罪呢！」女孩活潑地說，「我叫做江芳瑩。」

「喔，我叫……妳怎麼知道我的名字呢？」

「那天撞到你後，我很過意不去，所以特意調查了一下你的名字，希望你不要介意。」江芳瑩老實說，「然後意外地發現，我們有堂通識課居然一樣，我前幾次都遲到坐在最後面，所以也沒有發現你。」

「原來是這樣。」韓初恩說著，以為話題就此結束，但江芳瑩卻起身坐到了他的旁邊。

「我是會計系的，你是社工系的，平常我們上課的館別也不同，能遇到真的是緣分耶。」她眼睛閃耀著光芒，讓韓初恩有些招架不住。

「喔。」

「對了，你是什麼社團的？」江芳瑩對韓初恩句點式的回覆不太在意。

「喔……一個什麼傳說研究社之類的。」說實話，韓初恩也不確定真正的社名，他連社團辦公室都沒去過。

等等，他們有社團辦公室嗎？

「傳說研究社……該不會是周文他們的社團吧！」江芳瑩不可置信地幾乎大叫。

「妳認識周文？」韓初恩有些訝異，畢竟周文可是大三，和大一的江芳瑩怎麼會認識。

「我們住在附近，以前還同小學跟國中……大學又跟他同校已經很不可思議了，沒想到你會跟他一樣的社團呀。」江芳瑩很驚訝，「你看起來不像是會對什麼傳說感興趣的人呀。」

「最近剛好滿有興趣。」

「是喔……那你們怎麼認識的？」

「我們住在一起。」

江芳瑩再次瞪大眼睛，「真假？」

「嗯。」

她的手放在下巴，眼睛轉了一圈後說：「我記得他們社團有人數短缺的問題對吧？」

「是啊。」

「那我也來加入你們社團吧！」忽然江芳瑩如此宣布，這下換韓初恩驚訝了。

「為什麼？妳看起來對傳說的東西也沒興趣啊。」

「我有興趣的是別的。」江芳瑩瞇眼笑了笑，韓初恩完全不懂她的意思。

不過能讓面臨廢社的社團多一個成員是一個，這樣他也多少算是有貢獻的人了吧。

至少在這裡，他不是那個沒有貢獻的累贅了。

中午時間，他們幾個人約在學生餐廳吃飯，要好好討論一下關於澎湖行的事情，但當周文看見與韓初恩一同出現的江芳瑩時，整個人張大嘴。

「這是怎麼一回事啊？」周文喊。

「她說要加入我們社團，我想人數應該也越多越好吧。」韓初恩說，而徐品超則單純地高興增加了人數。

「搞屁啊！我之前缺人的時候找妳，妳說妳沒興趣，啊現在是怎樣？」周文不滿地大叫。

「現在有興趣啦。」江芳瑩微笑並且明示地看著韓初恩。

「妳這個人真是……」只有周文看明白了江芳瑩的意思，擺擺手道：「算了算了，反正多些人也是好事。」

「對了，我聽說你們要到澎湖去吧？也算我一個吧！」江芳瑩把握任何機會，能和韓初恩一同外出旅遊，可是增加感情的好方法呢。

「但我們都弄好了耶，臨時加人很麻煩。」周文看著雷向日，用眼神暗示他順著話說。

但雷向日並沒有接收到周文的隱喻，看了手機資料後說：「沒問題，我已經加好一張船票了。」

「傻眼。」周文數不清是第幾次大叫。

「但你們家這樣房間夠睡嗎？」徐品超擔心的問題很實際。

「我們有親戚開民宿，所以房間沒有問題。」雷向日繼續說：「當然住宿費用也不需要擔心，我們家很好客。」

「哇，好開心。」江芳瑩拍著手，「我可以另外帶朋友嗎？」

「帶朋友？妳真以為是遠足喔！」周文吐槽。

「不然只有我一個女生，我會害羞啊。」她裝可愛地用小拳頭打了下自己的頭。

「也可以一個女生都沒有，妳覺得怎麼樣？」周文白眼。

「唉唷，沒關係啦，要是可以因此再多收一個社員也不錯啊。」一直在旁邊帶著擔憂觀看的徐品超終於開口。

「……哼。」周文雙手環胸，「不要給我們添麻煩！知道吧！」

「是的～船長！」江芳瑩模仿了卡通的聲音，這讓徐品超忍不住一笑。

於是，出團的時間定下，人員也定下，現在就等時間到了。

●

「韓初恩，三桌要加點一個番茄海鮮麵還有加水，你處理一下。」帶位中的陳映海在與送餐的韓初恩擦肩而過時提醒。

「知道了。」

他俐落地處理好，還順路收了空盤到廚房，拿起抹布就要往剛剛的空位走，卻已經看見陳映海在擦桌子。

在這裡工作幾天的心得是，陳映海是個非常懂察言觀色且做事非常靈活的女生，每當與她分配到同區域時，韓初恩就知道今晚能事半功倍。

終於到了打烊時間，他們陸續整理乾淨後下班，韓初恩打卡完畢後看見其他同事都在聊天，便也想著不打擾大家後默默地離開。

「欸，等等。」沒想到一出店門，陳映海便從後面追上。「怎麼走了沒打聲招呼？」

「我想大家都在聊天，就不打斷了。」沒料到她會注意到自己離開，剛才見她還與大家聊得很愉快呢。

「我在等你啊，我們一起走一段路吧。」

「我們同路嗎？」

「反正不是往捷運就是往大馬路去，怎樣都順。」陳映海說了明顯藉口的話，但韓初恩並不在意，於是兩個人便一同離開。

雖然雷向日曾經說過，陳映海就像他的跟蹤狂且很怪異，但是就韓初恩這段時間的觀察，陳映海就是一個普通……應該說比普通還要更精明的女孩。她的外型亮眼、個性活潑且親切，但是在工作上絲毫不馬虎，甚至能貼心地注意到客人的需求。打工無數的韓初恩很少遇到配合得這麼好且靈活的夥伴，所以他對陳映海的觀感非常好。

況且這段時間，陳映海從來沒有問過雷向日的事情。

「我有件事情想問你，關於雷向日的。」

韓初恩頓了下，才剛在心裡想說她都沒問，結果馬上就問了。

「嗯，但我跟他不太熟，所以可能沒辦法幫妳解答什麼。」他根據雷向日的叮嚀如此回應。

「嗯，我這麼說你別嚇到喔，其實我知道你們同大學，也知道你們住在一起，更知道你們同社團。」陳映海的話讓韓初恩大吃一驚，難道對方真的是跟蹤狂？

「不不不，我不是跟蹤狂，我從你的眼神看出了很失禮的聯想！」陳映海鼓起嘴，圓起的臉蛋在那美豔的臉龐上顯得反差，變得十分可愛。

「抱歉，但是這樣，嗯，怎麼說，很難不這麼想到。」

「啊！我就知道雷向日一定有說過些什麼。」陳映海拍了下額頭，「我其實一直想跟他解釋，但又想越是解釋，反而更顯得我古怪，人不是一旦有了既定印象後，就很難扭轉嗎？無論對方怎麼解釋，都會想說他只是在辯解罷了。」

「不可否認，但也不是絕對。」韓初恩客觀地說。

陳映海點頭表示認同，但也聳肩表示無奈。

「我有次去朋友家時正好看見你和雷向日在買鹹酥雞，我朋友就住在鹹酥雞對面，接著我看見你們兩個一起走去旁邊巷子的透天厝裡，我就猜你們應該是住在一起。」

韓初恩啊了聲，確有此事。

「我呢，並沒有喜歡雷向日，也不是他的粉絲什麼的，只是說出來有點難為情，我猶豫了很久，直到發現你和雷向日居然是室友又相同社團，我想你一定也聽過他對於我的誤會。最重要的是，我沒想到雷向日會離職，要是有一天你也離職了，那怎麼辦？所以比起我的難為情，我更得好好把握機會，跟你說清楚，這也是我從雷向日那邊學到的教訓。」陳映海說了一些聽不懂的話，但韓初恩耐著性子。

「我是A大二年級，其實我的社團是『臺灣鄉野奇談』，但社員一直都不多，所以我去找了其他大學有沒有相似的社團，想要仿效一下如何經營，就發現了你們K大的傳說社……」她有些尷尬，然後拿出手機點開了網頁後將螢幕轉向韓初恩，「你看過你們社團網頁嗎？」

「我們社團有網頁？」韓初恩瞪大眼睛，看見陽春又可笑的網頁居然放著每個人雙手環胸的照片，旁邊還搭配上名字與科系，還以為來到健身房挑選教練呢。

「對，我才發現原來和我一起打工的雷向日也是社員之一，所以我一直很想跟他討教，但是……」陳映海有些害羞地歪頭，韓初恩明白了她和徐品超為同一類型，雖然熱愛這些傳說，但說出口又會尷尬那樣。

「我常常好奇他們的行程，探訪的順序和挑選研究主題的方式，可是每次問雷向日週末要做什麼，他總是會露出怪異表情，我知道他大概是誤會了，但沒有解釋的我也有錯，所以這次我不重蹈覆轍問你行程，而是直接告訴你，我真的……也想參與你們的社團話題！」

「社團話題其實也沒什麼……不過雷向日還真是誤會大了。」

陳映海用力點頭，「我自己也有錯啦。」

「喔……那我再幫妳跟他解釋就好。」

「真的嗎？謝謝你。」她大大地鬆一口氣，「對了，那我可以問你們最近社團有什麼活動嗎？」

韓初恩還在震驚剛才的網頁，連他和江芳瑩的照片都有，讓他覺得非常尷尬，難怪之前周文要他們擺環胸POSE拍照。

「哈囉，韓初恩？」

「啊，抱歉，我剛剛發呆。妳說什麼？」

「什麼啦！」陳映海嫣然一笑，那模樣讓韓初恩的內心忽地一震。

這是什麼感覺？

「我是問說，你們社團現在人變多了，有什麼訣竅，或是最近有什麼活動嗎？」

「訣竅我是不知道，但我們再來要去澎湖。」

「澎湖……」陳映海皺眉，「但是花火節還沒到呀。」

「雷向日是澎湖人，他說小時候……」韓初恩停頓下，這是可以說的事情嗎？畢竟是他人私事，還是讓他自己說的好吧。「總之，我們這次主題是海裡的傳說生物。」

「人魚嗎？」陳映海怪叫，這瞬間韓初恩懂得那種尷尬感了。

從嘴裡說出「我要探查人魚」還真怪，像是沒長大的孩子追查聖誕老人一樣，他壓根不相信人魚的存在，但雷向日小時候的經歷，還有自己曾經在海裡看見的東西，要是這些事情得往懸疑的方向去，那人魚或許是最合適的說法了。

無論他相不相信，又或是他們的經歷是否真實，韓初恩還是認為這是現階段對他來說唯一的樂趣了。

對什麼都沒有興趣的他，對生命亦然毫無熱忱，但這樣的他卻還為了未來拚命打工，使他認為矛盾到有些可笑。

「聽起來很荒唐對吧？」他自嘲著，但陳映海卻搖頭。

「你們是所有成員都要去澎湖嗎？」

「是啊。」

「我也可以一起嗎？」陳映海提出了出乎意料的要求。
「欸？為什麼？」
「因為我也對人魚有興趣。」陳映海說完後搖頭，「不對，不只是這樣。」
她抬眼，美麗又嫵媚的雙眼露出了堅定，「是因為我看過人魚。」

社團開會的時候，韓初恩提起了這件事情，關於雷向日對陳映海的誤會，以及陳映海的提議。
「她漂亮嗎？」這是江芳瑩唯一的問題。
「那重要嗎？」周文翻白眼。
「對我來說很重要啊。」江芳瑩不掩飾地看著韓初恩，但是後者壓根沒注意到，只是盯著雷向日。

「好吧，我也不覺得她那是喜歡我的表現，但要把她對我的那些執著態度都歸咎於只是對我們的社團有興趣這一點，我也覺得不太合理。」雷向日皺眉。

「你還有什麼疑慮嗎？」徐品超問。

「她……偶爾，真的是很偶爾，好像對我帶著點敵意。」

「敵意？你大帥哥，哪個女生會對你保有敵意？」周文怪叫。

「會不會是那種，有些女生對自己在意的人會太過緊張跟害羞，所以表情會變成像是瞪人那樣。說不定那個女的就是那樣呀。」江芳瑩食指將眼尾往上拉。

「是這樣嗎？」雷向日自己都不確定。「她知道我們這次社團主題要做什麼嗎？」

「我只說了這一次主題是海底傳說生物，她自己猜到人魚了。」韓初恩說。

周文則大方地說：「既然如此，就讓她一起來吧。同為冷門社團的悲哀我懂。」

「差點忘了說一件事情。」韓初恩補充，「她說她看過人魚。」

此話一出，所有人無不瞪大眼睛。

「真假的？確定？我們都只是猜測的，但是她是確定看過？」徐品超喊。

「她什麼時候看過的？怎麼沒跟我說過？」雷向日說。

「唉喔，是不是只是為了要吸引注意才隨便亂講？怎麼可能有人魚。」

「江芳瑩，妳不相信的話為什麼要加入我們社團？」周文沒好氣。

「我本來興趣就不是在人魚。」江芳瑩兩手一攤。

「我沒有問那麼清楚，大概就是小時候在海邊看過尾巴往上拍打入海的模樣，她說不是鯨魚，也不是海豚，她很確定就跟童話故事中的尾巴一樣。」韓初恩聳肩。

「顏色呢？你問過她顏色嗎？」雷向日認真問。

「嗯。」韓初恩嚥了一下口水，「她說還有銀白色的長髮。」

所有人倒抽一口氣，這些不謀而合。

「好詭異喔。」江芳瑩尷尬地笑著，不知不覺起了雞皮疙瘩。

雷向日顫抖地拿起手機，「我、我幫她多訂一張船票。」

韓初恩補充，「兩張，她還會帶施本潔。」

「施本潔？你說短頭髮那個？」雷向日一愣。

「嗯，她怕一個人尷尬，所以找了和她打工最好的同事。」

「真是的，我們這可不是郊遊啊。」江芳瑩說著。

「這句話奉還給妳。」周文再次白眼。

於是最終四男四女的團體就此成行，等待出發那日。

他們的計畫很簡單，就是在澎湖度過四天三夜，盡可能地找尋關於人魚的蹤跡與傳說，但沒有人妄想可以找到真正的人魚。

雖然大家都對於「人魚」有不同程度的信仰，但要把人魚想得如同鯨魚一般真實存在，是不容易的。

韓初恩也做了一些功課，才發現所謂人魚在各國有不同想像與解釋，現今大家腦中的人魚大多都是受到《安徒生童話》的影響，上身是人，下身是魚尾。

但某些國家的歷史記載，人魚不過是人面罷了，其餘部分皆為魚身。而也有傳說認為，人魚不如人們幻想得如此美麗又柔弱，是在海中兇狠的存在，臉部也會因為水壓而變形醜陋，快速地在海中游動，是恐怖的掠食者。

「另外，也有一說是人魚有兩條魚尾，像是星巴克的標誌那樣。例如哥本哈根的人魚雕像，其實也是裂尾人魚的模樣。」江芳瑩看著手機上的解說，「哇，我都沒有發現耶。」

「妳是臨時抱佛腳做功課嗎？」周文提著行李坐到了後排的位置。

「總比沒做功課好吧。」江芳瑩兩手一攤。

「慘了，我忘記帶暈船藥了。」江芳瑩帶來的朋友有著甜甜的笑容，身形豐腴但皮膚看起來吹彈可破。

「我這邊有。」徐品超立刻遞出暈船藥，「但現在吃可能太晚了，妳是叫……宜靜嗎？」

「對，葉宜靜。」她接過徐品超的藥，「真的很謝謝你，抱歉我不是社員還跟來了。」

「唉唷，又沒關係，又不是用社團經費。」江芳瑩伸手勾住她的肩膀，眼睛瞥到了斜前方，「連不同大學的人都來了，妳來又有什麼關係。」

「妳有點禮貌好嗎？別以為我不知道妳在想什麼。」周文皺眉。

「什麼意思？」

「妳……算了。」周文懶得說，江芳瑩不是壞人，只是稍微會耍點心機。

他明白她帶著葉宜靜來的目的不過就是為了要襯托自己更加可愛罷了。

當所有人就定位後，坐在雷向日前方的陳映海轉過頭，露出了尷尬的表情，

「雷向日，我要先跟你道歉。」

「喔，喔，沒事啦，是我自己誤會了，我才抱歉。」雷向日也有些尷尬。

「不用抱歉，是她的行為真的太怪，我也都誤會了。」在同個地方打工的施本潔再清楚不過了，一頭俐落短髮的她有著超白皙的肌膚，以及立體的五官和褐色的眼睛，看起來就像是混血兒一般美麗。

「對不起啦，我真的不是故意的。」陳映海雙手合十。

「誤會解決就好啦。」施本潔大笑。

「也要謝謝初恩，不只解開誤會，還能讓我們跟到這次行程。」陳映海笑著看向韓初恩，甚至眨了下眼睛。

「喔、喔！」韓初恩被嚇了一跳，有些緊張地別開眼神。

江芳瑩見狀立刻探頭擋在他們兩個之間，「對了，聽說妳看過人魚，是真的嗎？」

「是真的呀，而且，我也是在澎湖附近看過的。」陳映海大方地回應。

「我倒是完全不相信有人魚。」施本潔聳肩，「我只是想吃海產所以才答應映海一起來。」

「那來屁啊。」周文小聲的抱怨。

「好啦好啦，人多開心點也好啊！」徐品超趕緊出聲，「等等就要啟航了。」

「是啊，很高興可以認識大家。」陳映海也對大家揮手。

「嗯，我迫不及待快點抵達澎湖展開行程了。」江芳瑩對美豔的陳映海抱有警戒。

「哇，我也好期待。」純真的葉宜靜壓根沒有發現江芳瑩的心思。

「嗯，希望能找到答案。」雷向日如此期望。

船鳴聲響起，韓初恩看往窗外的海，一陣汽油味道撲鼻而來，船漸漸往前駛去。

他曾經差點在海裡丟失了生命，感受過水灌入身體的痛楚與絕望，但他卻不畏懼海水，相反地，海讓他有種平靜的感覺。

或許，他早就失去了對於生命的恐懼和期盼。

他雖然活了下來，但是在那一天，他早就死了吧。

此刻，他彷彿都還能看見海面上，爸爸、媽媽與妹妹的身影在那，等待著他。

在半睡半醒之間，有時候會搞不清楚現實與夢境的差別。

所以當韓初恩感覺到身體在搖晃時，先是以為自己在作夢，但很快地他直覺想到，是不是地震呢？

不對，他在海上呢，怎麼可能會地震？

不，在海上應該也會被地震影響，不過此刻應該是海浪造成的搖晃吧。

「哇，好大的浪。」他聽見一個略微害怕的聲音傳來，他睜開眼睛，只見江芳瑩嘴唇微白，皺眉擔心的模樣。

「怎麼回事？」他挪了一下身子，自己居然睡著了嗎？

「我們快到了，但是浪忽然好大，好可怕。」葉宜靜和江芳瑩抓著彼此的手。

韓初恩左右張望，有些乘客也露出擔憂害怕的神情，但看起來並沒有什麼狀況。

「沒事，你們看雷向日都還在玩手機呢。」他比了前方，這位澎湖男孩都不怕，那就表示不需要擔心。

「嗯，我剛才應該也要吃顆暈船藥的。」周文在後頭發出虛弱的聲音。

「沒事吧？要不要我裝點水給你？」徐品超擔心地問。

「暈船喝水更噁心，嗯，我現在不想說話。」說完後周文就痛苦地閉上眼睛。

「大家要不要去觀浪？」雷向日開口。

「浪這麼大，到甲板很危險吧？」前方的施本潔回頭問大家。

「是啊，等等落海就不好了。」陳映海也同意。

「不會這麼容易落海吧。」雷向日皺眉，有些急迫地站起身，「不然我自己去看看好了。」

「不要啦，很危險耶。」陳映海阻止。

「我時常搭船往返，不會有事。」雷向日掛保證。

施本潔往窗外看，見到許多人都準備去甲板，且浪似乎也忽然和緩了不少，難得搭船，要是沒看看海的話，好像有點可惜。

「我看甲板上都還有人走來走去，應該可以。」施本潔附和，看著陳映海，尋求同意。

「那我們去看看吧。」陳映海勉為其難地答應，兩個人便上去了甲板。

韓初恩再次望向窗外的海面，剛才的風浪彷彿是假的，現在恢復了風平浪靜，太陽甚至還讓海面反射得刺眼。

「喔，謝天謝地終於不搖了。」周文在後頭讚嘆。

「既然這樣的話，我們要不要也到甲板上拍個全體照啊？」江芳瑩恢復元氣，如此提議。

「這很好耶，可以放在我們社團網頁上。」周文立刻點頭。

「我說那個社團照片……」韓初恩開頭。

「很俗氣對吧？」雷向日接話，江芳瑩也尷尬笑著點頭。

「哪會啊！不然你們自己去做網頁啊！」周文大抱怨，徐品超也在一旁用力點頭。

「不是啊，一個社團而已為什麼要做網頁？」江芳瑩吐槽著。

「這是一個形象，妳懂什麼啊！」周文完全不妥協。

「那個，我們如果要拍照要快點上去，我看其他乘客好像也都準備去甲板晃晃。」葉宜靜提醒，還檢查了一下自己的救生衣有沒有穿好。

「好了好了，大家重要東西拿一拿，快點上去吧。」徐品超提醒，之後他們一票人便往甲板上走去。

一上去，果然見到不少人都在這觀海拍照，而甲板上都是濕的，可見剛才浪有多大。

「看，這邊真美。」陳映海和施本潔站在欄杆邊拍照。

「那我們就在這邊拍團體照吧，馬上就可以放到社團的網站了。」周文得意地說。

「喔，那個網站啊……」陳映海不失禮貌地微笑，正好與韓初恩對到眼，她朝他眨眼，韓初恩無奈地聳肩。

「好了好了，我們快點拍照就下去吧。」周文指揮並且拿出手機，隨意找了一旁的乘客幫忙拍照。

大家就定位站好，這時韓初恩聞到了一個很香的味道，這味道很熟悉，卻又說不上來在哪聞過。

他側頭一看，才發現陳映海站在自己旁邊，而那香味便是從她身上傳來。

「你怎麼一直盯著我？」陳映海的眼睛依舊看著前方鏡頭，只有表情略顯尷尬。

「啊，抱歉，我不是故意的。」韓初恩趕緊說，感覺好糗又有點害羞。

「呵呵，沒關係。」陳映海偷偷瞥了他一眼，「我不覺得討厭。」

這是什麼意思？

韓初恩還沒細想，忽然身體一個巨大的踉蹌。

「天啊……」有人驚叫，甲板上的人瞬間全部跌倒，接著是冰冷又鹹的海水往身上用力拍來。

「怎麼、怎麼……」大家話都無法說清楚，只見海面上不知何時又起了狂風暴雨，巨大的浪使得船身不斷起伏。

所有人都在尖叫，全部趴在甲板上企圖要抓住什麼穩住身體，但無奈海水太滑、海浪太大，隨著每一次海浪的起伏，他們的身體甚至會從甲板上懸空。

「快點！快點往這邊！」船務人員在一旁抓著欄杆大喊，「抓好欄杆，穩住身體！無法移動的人就待在原地！不要冒險起身！」

徐品超人高馬大，一手抓住欄杆，另一手撈起周文就往船艙方向丟去，周文唉叫了一聲，但隨即抓緊欄杆，順利進到船艙。

「快點，下一個！」周文在船艙裡頭喊，而徐品超迅速拽過就在他旁邊大叫的江芳瑩。

「哇！哇哇！」江芳瑩根本搞不清楚此刻是浪又或是被甩動的離心力，下一秒她已經被丟往船艙方向，讓周文抱穩了。

「下一個！」周文又喊。

而徐品超左右張望，海水不斷打濕他的眼睛，被鹹度刺痛著，他看不清楚，也無法確認他的朋友們在哪。

周圍起了濃密的大霧，即便徐品超大喊著朋友們的名字，可是卻沒有任何動靜，甲板上充斥著尖叫，可他注意到了怪異之處。

這些海浪不對勁，就像是有生命與意識般地在行動。

海浪拍打上甲板後，凝聚成一塊後爬動，或許是因為此刻現場太混亂，他才會產生這樣的錯覺。

可是當他看見韓初恩抓著欄杆，站在那不動時，他朝他伸出手並大喊：「韓初恩！這邊！」

可是韓初恩彷彿沒看見他一樣，他回頭望了下海面，然後鬆開了手。

那不是被劇烈搖晃的船所震得鬆手，而是他自願性地鬆手。

然後他落入了海裡。

「韓初恩！」徐品超大喊，他幾乎是下意識地就直接往海裡跳去。

在那個瞬間，他認為自己有穿救生衣也會游泳，他可以拯救韓初恩。

「徐品超！」周文大吼，想也沒想就要衝出去，卻被船務人員制止。

然而說也奇怪，就在一瞬間，那洶湧的浪平息了，剛才的一切彷彿都像作夢一樣，太陽再次高掛，濃霧也瞬間散去，甲板上只剩下方才大浪留下的痕跡。

「等、等一下，他們呢？」江芳瑩從驚恐中站起，甲板上還是有不少人，他們全都歷劫歸來般地鬆一口氣。

可是，他們的朋友們都不見了。

「不會吧……」周文臉色慘白。

整艘船，只有他們的朋友不見了。

身體很輕、卻又很重。

這種感覺非常熟悉，但生存本能卻讓他起了一絲恐懼。

忽然，他的身體像是被無形卻又強烈存在般的東西包覆著往何處拖去，他睜開眼睛，只看見許多氣泡從他的口鼻噴出。

他在海裡，海水湧入他的口、他的鼻、他的肺。

好痛苦、好痛苦。

爸爸、媽媽……為什麼？

「你們準備好了嗎？」爸爸站在房間門口看著我們。

「就快準備好了。」這些日子以來，難得露出笑容的媽媽正幫妹妹穿上外套。

「好開心，要去海邊玩！」妹妹開心地舉高雙手。

「初恩，你也好了嗎？」爸爸看向他，表情有些怪異。

「嗯，我還帶了車子喔。」但是韓初恩並不在意，這是久違的一家四口出遊日。

雖然他年紀還小，但是他知道家裡最近狀況不太好。

爸爸常常在喝酒，又或是打電話跟人借錢。前陣子叔叔還來家裡，在客廳和爸媽大吵一架。

而媽媽則常常在哭，這讓韓初恩跟韓初惠都不知道怎麼安慰媽媽，只能一起默默地陪著哭。

但是今天不一樣，爸爸一早起來，便說好久沒有出門走走了，問大家要不要去海邊玩水。

於是媽媽露出了笑容，韓初惠也開心地跳舞，他們很快換好衣服、穿好鞋子。

「快點來呀，爸爸。」韓初恩站在玄關，電梯都來了呢，爸爸怎麼還不來呢？

「來了。」只見爸爸穿好鞋後，放了一封信在玄關邊的鞋櫃上。

「爸爸，你放了什麼？」韓初恩問。

「喔，沒放什麼。」爸爸笑著，關起了門。

「爸爸！我們快出發吧。」韓初惠開心喊著。

「好啦，別那麼興奮。」媽媽也溫柔笑著。

後來，韓初恩才知道，那封信是遺書。

那一天，他們先是去吃了高級燒肉，媽媽很擔心價格，但是爸爸卻說沒問題。

後來，還幫他們兩個孩子買了很貴的玩具，這讓媽媽覺得很奇怪，但是看到孩子高興的臉，也不好說什麼。

一家人開著車來到沿海公路，媽媽一面看著導航要在哪裡停車，一面與爸爸輕聲聊著。

他們很久沒有這樣聊天了，媽媽回頭看了睡著的兩個孩子，然後又看向爸爸後說：「我們再努力一點吧，為了他們。」

「……」

「老公，只要我們一起，就沒有辦不到的事情。」

「妳知道那是多少錢嗎？是無論我們努力多久都沒辦法償還的金額。」爸爸握著方向盤的手顫抖著。

「老公……」

「對不起，是我的錯，我把這一切搞砸了，還害了你們。」

「不要這樣說……」

韓初恩半夢半醒，他些些睜開眼睛，只見爸媽又在說些他不太理解、也不想理解的事情。

「對不起，對不起，對不起，除了這樣，我不知道該怎麼辦。」爸爸說著。

「沒關係的，老公，我們……等一下，你要做什麼？」媽媽的聲音從溫柔變得驚慌，而韓初恩感受到車子的速度加快，忽地就往前衝。

「不要！初恩、初惠……」媽媽轉過身，似乎想要抱住他們，又或是要解開他們的安全帶。

但是下一秒，失速的墜落感讓韓初恩從座椅上懸空，韓初惠也睜開眼睛，他們兄妹驚恐對看，然後望向前方。車子飛起來了，然後往海面墜落，巨大的水壓衝破了擋風玻璃，海水灌入。

「啊啊啊啊……」韓初惠尖叫，而爸媽都因為衝擊力道而昏眩，「哥哥……救……」

話都來不及說完，海水已經淹沒了他們的頭頂。

沒有準備好的韓初恩吸了一大口海水，那鹹味刺鼻又刺痛著他的所有感官，但最大的還是恐懼。

他看著妹妹從驚恐到暈過去不過幾秒，而他的意識也逐漸模糊。

然後，他在海裡悠然地滑動著，他似乎睜開了眼睛，只見銀白色的髮絲在他面前飄動。

他想花點時間看清楚什麼，卻什麼也沒看見。

而後他在醫院醒來，得知自己是被安然地放置在沙灘上，這讓所有人都驚呼是場奇蹟。

他從未想過緣由，只是震驚著經商失敗的爸爸，選擇帶著全家一同自殺，連讓他們選擇的權利都沒有。

他們所有人，都是被爸爸殺死的。

然而他卻苟且偷生地活到了現在，積欠大筆債務的爸爸，當然也欠了叔叔一家人錢，可是叔叔卻收留了韓初恩，甚至給了他一筆錢。他會被嬸嬸和堂姐、堂弟討厭，也是無可厚非的。

他拿什麼臉與他們生活？

唯一倖存的他，充滿了罪惡感與愧疚感。

他恨爸爸奪走媽媽和妹妹，卻又可憐爸爸。

他想念死去的媽媽和妹妹，卻又對她們充滿內疚。

對不起，只有我活下來了。

對不起，我會快去找你們。

他時常這樣想著，每天都想著，隨著年紀增長，在看過許多心理書籍後，他明白自己只是倖存者內疚，他也知道媽媽在最後轉過頭來，是想要拯救他和妹妹。

他知道，媽媽和妹妹一定都不會介意只有他活下來了，反而還會很高興。

但即便如此，他依舊無法填滿內心的空洞。

他明明活得如此乏味，卻又努力地活著。然而他努力活著又是為了什麼？沒有人在乎他，他沒有家了，愛他的人都死了，愛他的人殺了他愛的人了。

他，沒有目標。

所以在大浪翻騰時，被海水浸濕的他想起了往事，瞬間他恍惚了下，又或是他真的好累了。

他選擇了鬆手。

海水如記憶中般的冰冷刺骨，他在海中翻滾好幾圈，分不清東南西北，每一口呼吸與張嘴，都換來更多的海水湧入。

忽然之間，他感覺到有東西環繞上他的腰，接著以極快的速度將他往某個方向拽去。

他睜開眼睛，海水裡的能見度不高，他只能看見上方微弱的陽光。太陽的光線僅能照射到海平面水深兩百公尺以內，八百公尺更是伸手不見五指。所以他現在在什麼地方？

忽然，他看到了熟悉的微光。

那銀白色的髮絲飄蕩在他的身邊，環繞在他腰部的是一隻白皙的手臂，在光源不足的深海之中，唯有身邊的生物散發著微亮的光芒。

他還想多看清楚些時，就因為海水的關係昏迷了。

Chapter.02

小島

「韓初恩，韓初恩！你醒醒！」

一道聲音從遠至近傳來，韓初恩感覺身體好重好沉，他無法移動身體任何一個部位，連呼吸都很費力。

「韓初恩！」對方用力拍了他的臉頰，其實幾乎是賞巴掌的程度，使得韓初恩感覺到了疼痛，幾乎用盡了全力，才有辦法張開眼睛。

「沒死就起來！」雷向日憤怒喊著，又用力打了他的臉一巴掌，然後就往一旁跑去。

我還活著。

這是韓初恩的第一個想法。他撐著吃重的身體起身，發現自己渾身濕透沾滿沙子地躺在沙灘上，他看了下四周，只見雷向日蹲在另一個平躺的人身邊。

「醒醒！叫什麼……喂，江芳瑩的朋友！醒醒！」雷向日拚了命在喊，這讓韓初恩拖著沉重的身子，幾乎是用爬的來到臉色蒼白的葉宜靜身邊。

「她一定喝了很多海水……我們得人工呼吸……」韓初恩說這幾句話時吃力無比。

「不，不是。」雷向日冷靜地看著她的胸腔，「她的呼吸很平穩，口鼻也沒有複雜的聲音，她只是昏了過去。」

雷向日左右張望，「看起來只有我們掉下來了。」

韓初恩胸口一緊，他是自願掉下來，但沒想到有其他人也落海了。

「咳！咳咳！」葉宜靜發出聲音，隨著咳嗽人也醒了過來，她睜開眼睛後先是驚恐地尖叫，但雷向日立刻抓住她的肩膀。

「冷靜點，我們沒事！」

「天、天啊，這裡是……是哪裡？」葉宜靜嚇得不輕。

「我們也不知道這是哪裡。」韓初恩的體力恢復了一些，他起身看了看四周，一大片整潔又平坦的沙灘，前方有著看不到邊際的樹林。

「你們手機有在身上嗎？」雷向日抱著一絲希望。

「沒有。」韓初恩無奈搖頭。

「我明明用手機繩掛在身上，結果也不見了……」葉宜靜哭了起來，「我們是不是遇難了？」

「落海是遇難，但是我們現在是得救。」雷向日站起身，看了下太陽的位置，「我們落海的時候是早上十點多左右，就算昏迷很久，現在也頂多十二點，從太陽的方向看起來，我們應該是落海後飄到了離澎湖不遠的小島上。」

「你好厲害……」葉宜靜崇拜地說。

「我爸教過我一些。」雷向日簡短說著。他的爸爸曾經在遠洋捕魚，或許是想起了爸爸，雷向日有些感傷。

「我們落海現在一定已經登上新聞了，很快就會有人來找我們，在此之前，我們得先找地方把衣服弄乾，還得找過夜的地方。」韓初恩看向樹林，又看向前方與後方的海岸線，貿然前往樹林似乎不太明智，不確定會不會有野生動物，但是順著海岸線走似乎也不妥，畢竟不知道這座島嶼有多大。

「沒錯，晚上一定會很冷。我們也不能保證今天就會被救難人員發現，當務之急得先弄乾衣服。」雷向日朝前方樹林走去，「我們得先生火。」

「生火？我們又沒有打火機，要怎麼生火？」葉宜靜邊說邊起身，他們兩個人跟著雷向日就往樹林方向前進。

「我們這樣過去，不會危險嗎？」

「先在周邊生火，不要進去樹林深處就好。」雷向日將他的頭髮握在掌心後用力擰乾。「我猜這座島整體面積不比七美嶼大，而如果是這麼小的島嶼，不需要擔心有會危害性命的野生動物，但可能要小心蟲子。」

雖然遭遇到這種事情很絕望，但唯一慶幸的就是跟雷向日在一起，葉宜靜此刻已經將雷向日當做她唯一希望了。

「那、那我們能做些什麼？」葉宜靜緊張地問。

「鑽木取火，先升起火。」

「太陽這麼大，我們不能用太陽曬乾衣服嗎？生火要花好多時間呢……」

「當然可以，但是夜深的時候，我們還是需要火來照明，否則會看不見任何東西。」雷向日左右張望，「幫忙找一些乾燥的草過來，細得像絲的那種更好。」

「好，我去看看。」韓初恩聽聞後馬上行動，其間他脫下了上衣用力擰乾，雖然有太陽照射，但渾身濕透又在樹林裡行走，還是會覺得發冷。

他們得快點生火才行，否則越晚會越危險。

很快地他找到了一些風滾草，帶回去時發現雷向日已經找了兩塊合適的木柴正在準備，「太好了，有這個就沒問題了。」

他將風滾草拉開成一小球，放在乾燥的樹葉上後再放入有凹洞的木頭之中，接著用較為粗圓的樹枝快速且用力摩擦著，葉宜靜這時候也沒閒著，她正撿回了大小適中的樹枝，待升起火後便能燃燒。

原以為鑽木取火會花掉許多時間，但很快便看見冒起了煙，雷向日小心翼翼吹氣，並放入其他風滾草，最後慢慢加入細小的樹枝，終於升起了火。

「太厲害了！」韓初恩由衷佩服，而雷向日擦去了額頭的汗水，衣服的濕潤搞不清是汗水還是海水了。

他們稍微休息了一下，確認篝火不會那麼輕易熄滅後，才提起了探索這座島的想法。

「時間看起來還足夠，我們也得找找看有沒有東西吃。」雷向日看著左右兩邊的海岸線，「走吧。」

「確定嗎？會不會發生什麼事情……」葉宜靜有些擔心。

「不管怎樣也不能坐以待斃。」雷向日行動力十足。

「那我們就快出發吧。」韓初恩覺得有些可笑，自己因為不重視生命才會鬆手落海，但此時卻又為了生存而努力。

他們三個人走在沙灘上，在美麗的沙灘上留下了三人的腳印，葉宜靜忍不住莞爾，「要不是遇難了，我一定會覺得這海與沙灘很美。」

「是很美啊，我們也能好好欣賞。」雷向日停下腳步。「心態轉換一下就好，別太悲觀。」

沒想到葉宜靜悲從中來，低下頭流出了淚水，「我、我因為一直很想到澎湖看看海、玩玩水上活動……所以芳瑩才好心找我一起來，沒想到會發生這種事情……還好她沒有一起掉下海……但是……」

「是因為妳想來澎湖，她才找妳？」雷向日問。

「嗯……」

「我還以為是……」雷向日聳肩，不說出失禮的猜想。「但妳怎麼確定她沒掉下來？」

「咦？這裡不就我們三個？」葉宜靜天真地反問。

「……雖然這裡只有我們三個，但是這只是表示我們三個落海又飄到這裡，不能確定其他人是否都安全……」韓初恩本不想說得這麼明白，讓不安的葉宜靜更加擔憂，但顯然雷向日也有注意到這點。

「怎麼會……」葉宜靜捂住臉。

「但我確定周文沒掉下來，我看見徐品超把他往船艙摔去。」雷向日補充。

「這麼一說……事情發生時江芳瑩在我旁邊，那個很壯的同學有把她拉過去……對！芳瑩沒事！我有看見周文抓住她的畫面！」因為想起關鍵記憶使得葉宜靜非常高興。

他們沿著海岸線繼續向前，感覺景色都沒什麼變化，一樣的海、一樣的沙灘，以及一樣的樹林。

忽然有種好像在同一個地方徘徊的錯覺，三個人都察覺了怪異處，但誰也都不說破，彷彿說了就會成真一樣。
「你們是怎麼落海的，記得嗎？」或許是為了緩解緊張的氣氛，雷向日詢問了這件事。
「我手滑鬆開了欄杆。」韓初恩簡短說。
「我則是想跟芳瑩的腳步一起往前，但卻踩空腳滑了下，然後往後撞到了欄杆……感覺到有人推了我一下……」
「推妳？推妳下海？」韓初恩驚呼。
「不是，是我好像要往後跌落欄杆的時候，有人把我推回甲板上……但馬上又有一個大浪，所以我一個踉蹌就跌下了……」葉宜靜說得古怪，「但可能是我的錯覺啦，都是一瞬間發生的事情。」
「不，我也感覺是有人把我拉下海。」雷向日忽地這麼說。
「拉你……怎麼可能……會不會只是浪碰到你的身體，加上船身晃動劇烈，才會被離心力搞混？」

「我從小就時常和我爸一起搭船出行，不可能搞錯兩種觸感的。」

「天啊……不會是水鬼抓交替吧？」葉宜靜開始怪力亂神。

「不是，不太一樣……」

「你還有什麼沒說的？」韓初恩注意到雷向日的欲言又止。

「你們有發現，我們身上的救生衣都不見了嗎？」經他這樣說，所有人才反應過來，「我們掛在身上或放在口袋的手機以及不該脫落的救生衣都會不見，但是鞋子卻還在腳上，這不合理。」

他們還沒時間細想雷向日的提問，馬上發現前方的草叢正在晃動，那擺盪的弧度很大，絕對是大型生物走動造成。

「我們得先找地方躲……」話音未落，便看見徐品超出現在他們面前。

「天啊！」而走在後面的陳映海也看見他們。

「怎麼、你們怎麼也……」他們幾個人驚呼、驚叫，立刻朝彼此奔去後擁抱，大夥們哭成一團，在這劫後餘生的午後，他們真的慶幸再次相遇。

在冷靜過後，他們提議先回方才升起的火堆旁，但是徐品超卻說出了令人驚訝的消息。

「我們發現了房子。」

這個小島有人居住，正確來說，是曾經有人居住。

於是，他們在兩人的帶領下，前往所見的建築。

一路上兩方交換彼此的狀況。陳映海說看見了徐品超跳入海中，她本來想救，但是根本來不及，所以她扶著欄杆一路往崩潰大喊的周文方向去，江芳瑩甚至都對她伸出手了。

但忽然船身因為浪的一個大幅度擺動，讓陳映海瞬間被拋飛出去，也掉下海裡。她在海中翻滾好幾圈，差點以為身體四分五裂了，卻感覺到有人拉著她，最後醒來，自己就躺在沙灘上。

是她把一旁的徐品超叫醒，原先以為只有兩人遇難，但徐品超卻說看見韓初恩也落海了。

他們抱著一絲希望在島上找尋他的蹤跡，意外發現有幾棟民房，原先喜極而泣能獲救了，可裡頭人去樓空，雖然還放有些民生物資，也有些罐頭，但沒有任何對外聯繫的方式。

而這座島還真的不大，陳映海他們所在的沙灘就在韓初恩他們的對面，雖然他們沒有探險完整座島，但是他們猜測小島四周都是沙灘，而中間則是樹林區與些許民房，沒有過高的地形也沒有恐怖的動物。

「到了，就是這裡。」陳映海說完後，也帶著他們來到那些民房。

民房並不多，不過也就三棟，他們隨意挑了間進去，女生們先去房間換上合適的衣服，男生們則去廚房找尋食物。

韓初恩在櫃子找到一些罐頭，看了一下有效日期，還有五年。

「這裡放了一些礦泉水，得救了。」雷向日驚奇地在流理台下方找到好幾桶桶裝水，這也讓他鬆一口氣，沒水比沒食物還糟糕。

「廁所也有水耶！」徐品超從廁所出來，十分驚奇。

「那太好了，看來水塔有持續運作。」雷向日說著。

女生們從房間走出來，她們換上了乾淨又舒適的衣服。

「我覺得穿這些衣服怪不自在的，等衣服乾了我就要換回自己的衣服……」葉宜靜彆扭地說。

「我也覺得這樣比較好。」陳映海同意，「你們有找到什麼嗎？」

「找到不少好東西，這下子應該可以撐到救援了。」雷向日真正鬆一口氣，

「既然我們能毫髮無傷漂流到這裡，那想必離船身不會太遠，應該很快就會獲救了。」

「那真是太好了，我真的以為要死了。」葉宜靜哭了起來。

「沒事，我們現在不是都好好的嗎？」陳映海拍著葉宜靜的肩膀安慰，「你們要不要也去換衣服，我在房間有看到一些男生的衣物，應該會有適合的。」

「啊，那我們也去換吧。」

這間屋子並不大，一間簡易廚房與客廳外，就只有一間衛浴和房間。房間則有一個大衣櫥和五斗櫃，裡面放著一些簡單衣物。韓初恩脫掉了白色棉衣，換上跟自身同款的白色棉衣，就連這裡的褲子也和自己原本的褲子很相像。

「欸，你們內褲也會一起換嗎？」忽然徐品超疑惑的聲音傳來，「內褲都濕的很不舒服，但要換上別人的內褲……雖然看起來很新，但也好怪。」

「就換掉吧，順便去洗一洗曬一曬。」雷向日也換掉了整身衣物。

韓初恩頓了下，從抽屜下方找到了四角內褲，他猶豫了一下，還是放到鼻尖前聞了一下，最後換上了新的內褲。

「這裡不知道有什麼？」徐品超看著一旁的大衣櫃，雷向日則沒有猶豫地打開，裡頭居然是棉被。

「看樣子如果不得已要過夜，也有地方可以睡。」雷向日說。

他們五個人將衣服洗好後，在民房的後方發現一塊小空地，那還放有竹子製作的簡易曬衣架，於是幾個人將衣物放在那曬。

之後大家簡易吃了些罐頭充飢，喝了點水後，便往另外兩間民房探索一下，發現所有屋子的格局、備品以及物件幾乎一模一樣，這讓韓初恩更覺得怪異，但是大家似乎只是鬆了一口氣。

「你們不覺得奇怪嗎？」韓初恩終於開口，所有人看向他，不明白為何他面露難色。

「這些房子完全沒有人生活過的痕跡，可是卻有這些充足的物資，就連這些衣服、內褲也都是新的，甚至有水有電，連棉被枕頭都有，彷彿就是為了我們遇難而準備好的，這實在太詭異了。」韓初恩說出了這些不安，是從他剛才進到屋子後就一直有的違和感。

「或許這裡是什麼電視節目或是民間社團會來的地方，所以才會有這樣的備品存在。」雷向日倒是對這些一點都不擔心，畢竟現在有很多節目製作大手筆地會到一座島上拍攝。

「如果真的是節目組準備的場地，那的確說得通，這樣子我們會獲救的機率就更高了！」葉宜靜現在是雷向日的粉絲，無論他說什麼都會全部接受與同意。

「我也覺得有些詭異，但向日說的也有可能。」徐品超沒什麼意見。

「那撇除這個，剛才你在沙灘說的關於鞋子的事情，還有救生衣的問題，以及關於我們落海後，有人拉著我們的感覺……」韓初恩無法忽略這些怪異，「我們落海，不是偶然。」

「……不是偶然這句話你說得出來？」徐品超的聲音壓抑，幾乎是瞪著韓初恩。

「什麼？」

「我看見了，你主動鬆手墜入海中，我才會跳海救你。」徐品超的眼眶有些紅潤，「你是想死嗎？」

所有人都看向韓初恩，露出不可置信的表情，這讓韓初恩覺得口乾舌燥。他不想解釋，但也不想讓大家認為自己是個怪人，這對現在一點幫助也沒有。

「我沒有，我只是欄杆上都是海水，所以才手滑了。」他平淡地說，「如果我想死的話，就不會拚命呼吸了。」

他的比喻很怪，也很可笑，這使得韓初恩笑了出來。

拚命呼吸，是啊，他墜海明明是喪失了求生意志，怎麼現在卻又繼續做著能活下去的事情？

「韓初恩？你還好嗎？」陳映海帶著擔憂的神情。

「沒有，只是覺得太熱了。」太陽的熱度依舊，但明顯已經西下。「就問一點，每個人落海後，有感受到被人拉著嗎？」

「我有。」雷向日老實說。

「我不記得……」葉宜靜咬唇。

徐品超擦了下眼淚，然後搖頭，「我也不知道。」

「我有。」陳映海舉手。「那你呢？」

「有。」韓初恩點頭，「而且，我看見了銀白色的長髮。」

夜幕降臨，在無光害的小島上，滿天星空美不勝收，就像是沐浴在銀河之下，一切變得虛幻無比，這才知道原來天上的星光與月亮的亮度如此高，如夢似幻。

雖然有三間平房，他們可以分散後睡得舒適，但眾人認為還是待在一塊比較安全。

他們記得此行的目的，是為了探查人魚，雖然沒有人認為真的可以找到人魚，但澎湖是臺灣唯一有過人魚出沒傳說的地點，加上雷向日爸爸的事情也是發生在澎湖。

雖然韓初恩家當初墜海的地點並不是澎湖，但只要是海，都有可能出現人魚的蹤跡。

他們這一次多人感受到在海中被人環抱著快速前行，不得不去思考人魚真實存在，並且離他們很近。

「所以是人魚救了我們嗎？像是童話故事一樣，救了我們然後將我們放在小島上？」葉宜靜眼睛發亮，像是體驗了一場夢幻故事一樣。

「那得有多少人魚？」韓初恩皺眉，「我們落海時間不同，就算人魚一次帶兩個人，少說也得有三隻人魚。」

「說不定她是折返救人？」徐品超自己也不確定。「聽說人魚游泳的速度很快。」

「不可能，這小島絕對不是離船很近，否則我們很快就會被發現。而我們落海後很快就昏迷，如果只有一隻人魚，我們絕對不會安然無事，一定有人會溺斃的。」韓初恩否定。

「那……就算是人魚好了，也救了我們，這樣應該沒有不好吧？」葉宜靜咬唇。

「人魚把我們送到這座島上就走了，怎麼想都怎麼奇怪。」韓初恩還是無法說服自己。

「就只是剛好這座島離得最近吧，韓初恩，你是個陰謀論家嗎？」葉宜靜又說。

「不是，我只是凡事都抱著懷疑態度。」韓初恩坐了下來。

他們幾個人窩在第一間進入的民房裡，每個人甚至還洗了溫熱的澡，裹在棉被之中討論著。

「那雷向日，你怎麼想呢？」葉宜靜詢問。

「其實，我們雖然看起來像是被人魚救了，但我也不相信人魚會這麼好心。」過了一會兒，雷向日才打破沉默率先說道。

「為什麼？」葉宜靜的聲音輕柔。

「人魚是個會帶著玩笑心態做出殘忍事情的種族，不可能一時興起救了我們這麼多人……」雷向日一手捂著額頭，看起來有點不太舒服，「我的爸爸被人魚帶走，但是在此之前，就有許多傳說，人魚會在海上迷惑人類，使人類迷失方向導致死亡……這只是因為她們覺得好玩，甚至還有傳說……」

「你還好嗎？」葉宜靜擔心問。

「傳說什麼？」陳映海臉色蒼白。
「傳說，人魚會吃人。」
「吃……吃人？」這下換徐品超大驚，「沒有這種傳說吧！」
「各國都有人魚傳說，而人魚傳說百百種，端看你信什麼，又看會遇到什麼。」雷向日的額頭流下斗大汗珠，接著他的手撫著胸口。
「你看起來很不好耶，怎麼了嗎？」葉宜靜趕緊靠向雷向日。
「沒什麼，老毛病了。」雷向日深呼吸再吐氣，似乎在調節呼吸，「我要先休息了。」
「好，我們也早點睡吧。」葉宜靜趕緊吩咐大家，還起身自己去關燈。
月光從一旁的窗戶照射進來，不是全黑的空間令人稍微安心，他們幾個人折騰一天真的也累了，每個人都靜靜躺著，期盼著明天就會獲救。
「那個……我最後一個問題。」忽然，陳映海的聲音微弱地傳來。

「嗯？」韓初恩給了回應。

「人魚會跟童話故事一樣，變成人類嗎？」

「不會吧，畢竟是不同物種。」韓初恩回答。

「有另一種說法是，碰到海水就會變回人魚，擦乾就能變成人類。」雷向日則這麼回。

「童話故事和電影都說可以變成人類，我想可以吧……」徐品超的聲音像是快睡著的囈語般。

「那我們身邊不就很有可能有人魚嗎……呵呵？」這是大家睡著前，聽到的最後一句話。

遠方傳來了海浪的聲音，像是天然的白噪音一樣，讓他們幾個人安然入睡，陷入深層的睡眠。

韓初恩感覺到有人踩在棉被上，並且小心地緩緩走向門口，輕輕地摁下門把後，離開了屋子。

瞬間他睡意全消，並睜開了眼睛。

這麼晚，是誰會偷偷離開屋內？經過了一整天的衝擊，誰還會半夜起來不叫上任何一人？

於是他坐起身，快速環顧四周，想看清楚是誰離開被窩。

這是韓初恩第一次知道，在毫無光害的情況之下，月光竟然如此明亮，他發現其中一個被窩沒有人，但想不起來那個被窩是誰的位置，於是他起身，稍微看了一下，才知道離開的人是誰。

於是他也起身，慢慢地離開了屋子，小心翼翼地不讓其他人發現他的離開，也小心不讓對方發現他的跟蹤。

他沒有花太多的時間就跟上前方的人，那個人在漆黑的道路熟練地走著，讓韓初恩覺得有些奇怪。

他們穿過了樹林，來到了海邊，而對方筆直朝著前方的光源走去，韓初恩還在納悶，怎麼會有一道光芒如此耀眼，才忽然想起那是什麼！

眼見陳映海拿著一旁的大樹葉拍打篝火，還撿起樹枝將火堆推散。

「用沙子比較快。」韓初恩手捧細沙來到一旁。

「嚇我一跳！」陳映海整個人抖了一下。

「我來吧。」韓初恩將手裡的沙子落入篝火中，沙子使火堆產生了灰煙，他再次拾起一坨沙，細沙從他指縫之間緩速滲漏，見狀陳映海也一同伸手合掌，將沙捧在手心滅火。

同心協力之下，火很快就熄滅了，像是完成了什麼大事一樣，兩人在月星陪伴之下的海邊相視而笑。

「妳是睡到一半想起我們火沒有熄滅嗎？」

陳映海點頭，「半夜因為口渴醒來，不知道為什麼忽然想起這件事情，怕海風把火苗吹到樹林，燒起來就不好了。」

「真的，這樣我們都會燒死。」一想到可能發生的事情，韓初恩不由得一陣哆嗦。

不過他忽然覺得有些奇怪，他們雖然生了火，但放入的木柴也沒有多到能夠支持火勢燒到現在，從下午到現在少說過去了六小時，那些木柴可以燒這麼久？

韓初恩觀察了一下踢散的火堆，那些燒黑的樹枝非常多根，甚至有些還已經化成灰，與沙子融合在一塊，而四周的沙地沒有其他腳印。

「怎麼了？」陳映海歪頭。

「就像是有人在添加木柴一樣……」他喃喃地說。

「你說什麼？」

「我們下午生火不過就是放了一些樹枝，不可能燒到現在，而且剛才我看火還很旺盛，就像是有人不斷添加木柴一樣……但四周沒有腳印，這不是很奇怪嗎？」

陳映海用一種古怪的表情看著他，這讓韓初恩覺得怪異。

「韓初恩，你意外的是很敏銳的人耶。」陳映海露出一個微笑，「不過想來也是，你工作表現得非常好，很少人在你這種年紀就能這麼有經驗，你以前打過很多工嗎？」

「呃，對，我國三就開始打工了。」沒想到會突然聊到這裡，「我也覺得妳很厲害。」

「我也是工作很久囉。」陳映海聳肩，「不過你為什麼會需要國三就出來打工？生活費嗎？」

他想了下，反正現在大家都在同一條船上，也沒什麼好隱瞞，於是便把過去的事情告訴陳映海。

包含他爸爸帶著全家人一起自殺，以及他在海中看見的銀白色頭髮等事情，全都告訴她了。或許是此刻的吊橋效應，又或是星空實在太過美好，才會讓他毫無遮掩地全盤托出。

聽完後，陳映海十分驚訝，接著皺眉，最後說：「你一直以來都很努力呢。」

不是說加油，也不是說辛苦了，而是說他很努力。

這瞬間不知道為什麼，韓初恩的眼眶頓時濕了起來。

他立刻側過頭，想掩飾自己的淚水，而陳映海也體貼地抬頭看向星空。

「看，好誇張的星空呢。不管看幾次都覺得很扯。」

韓初恩也抬頭，在這宛如畫作般美得如同奇蹟般的星海之下，韓初恩覺得自己十分渺小。

「嗯。」他吸了下鼻子，「謝謝。」

「謝什麼？」陳映海不明白。

「沒什麼。」韓初恩也裝傻，他忽然覺得自己的胸口不再那麼鬱悶，也能好好呼吸了。「妳剛說我很敏銳，意思是說妳也發現奇怪的地方嗎？」

「嗯……我原先不想講，是怕引起大家的恐慌，也怕是我自己看錯。」陳映海吞吞吐吐地，「而且我覺得葉宜靜可能沒辦法承受太多，徐品超在沒有周文的情況下又拿不定主意，雷向日的話……你不覺得他有點，嗯，情緒高漲？」

「啊……妳這麼一說……」韓初恩發現了一直以來覺得有點奇怪的部分，就是雷向日看起來表現得很可靠，可是對於一切好像不太陌生，加上情緒似乎真的有些高漲，且態度變得有一點強勢。

「所以我發現了一些東西，不太想告訴別人，以免造成不好的影響。」陳映海說完後歪頭，海風吹動她的髮絲，陳映海的黑色長髮在星空與夜晚的海洋襯托之下，像是染上了星光閃閃發亮。

這瞬間，韓初恩竟有些看傻了眼，就像是時間被定住了般，使剎那成為永恆。

「但是，你一直都表現得很冷靜，還能發現不合宜的地方並且提出疑問，又在被人反駁後懂得止住不繼續爭辯，我覺得你可以信任，所以現在我決定告訴你。」陳映海輕聲說著，她的聲線隨著海風，彷彿融合成了巧妙的樂章一般，像是在風中高歌，悅耳且令人著迷。

接著，她白皙的手舉起，指向了海岸邊的另一側，「那裡，有個山洞。」

韓初恩一愣，「山洞？」

「我的確是因為口渴醒來，但並不是想起火堆才出來，而是我在窗邊看見了人。」陳映海的話令韓初恩一愣。

「除了我們以外，還有其他人？」

陳映海咬著唇，艱難地點頭，「我睡到一半翻身時，正好就睜開了眼睛，然後我看見窗戶外面有人正在看著我們。但他似乎沒發現我注意到了，又端詳了我們一陣子後才離開，我等了一段時間，才想說要跟上看看到底是怎麼樣。」

「妳怎麼不叫醒我們？這樣太危險了吧！」韓初恩皺眉，忍不住斥責。

「你先聽我說完，我出來後並沒有抱著會找到對方的把握，因為我少說也等了五分鐘，但是當我走出來後，發現地上有這個。」她從口袋拿出了圓圓的反光塑膠，這讓韓初恩有些疑惑。

「像是麵包屑一樣，一路從窗戶外延伸到這個海。」

那圓圓的反光物有三片，大小約食指和拇指相連圈起的圓，韓初恩在手心觀察，並稍微捏了下，並不是塑膠材質，而是更堅硬的透明硬片，隨著角度造成的折射不同，會反光出不同的顏色。

忽然他愣了下，「這是……鱗片？」

「嗯，沿路都有，你剛來的路上沒看到嗎？」

「我沒有注意……但也可能是路線不同。」韓初恩看著手中的鱗片，這大小該得是多大的魚類啊。「妳說這鱗片一路往海裡嗎？」

「沒錯。」

「但如果是人魚，要怎麼掉鱗片？他們不是會變成人類嗎？」

「這也是我很疑惑的地方，雖然大家因為童話故事影響，所以對於人魚的想像都差不多上身是人下身是魚那樣，但其實人魚有很多種傳說，有些甚至是人的外型只是身上有鱗片與鰓罷了。」陳映海接著說：「你不覺得雷向日的篤定，就像是他親眼見過人魚一樣嗎？」

「但我們都看過銀白色的頭髮……所以很自然會認為上身人、下身魚就是人魚的面貌。」

「是沒錯，但如同你說的，維持著魚尾該怎麼上岸且掉鱗片？」陳映海咬唇，「或許，我們都該改變一下對人魚的幻想。」

「……如果真是這樣，表示這座島真的有人魚存在？」

「如果這是偵探小說，我會說有人故意動手腳，企圖把一切詭異之處推給虛幻的人魚，然後再來就會有殺人事件發生。」陳映海說完後還笑了下，「但是很遺憾，綜合這一切，還有我們都有記憶被人在海裡用極快的速度帶往這裡，我認為人魚存在的機率很高。」

「等一下，若這樣來說，人魚把我們帶來這座島不就是有目的性？」韓初恩腦中想起了雷向日提到的傳說，人魚殘忍，還有會吃人。「難道……是把我們當儲備糧食放在這裡？」

「不無可能。」陳映海嚥了嚥口水，「我猜想，他們或許會在海上引誘船隻遇難，借此綁架人類到這座島嶼，並放上可供人類生活的糧食物資，再一個一個吃掉……」

韓初恩很想反駁，但是卻覺得這推論也很有可能。

「但假設雷向日說的是錯的呢？假設人魚其實和藹可親，然後真的就要救助我們，只是不方便把我們帶去有人的島嶼，以防他們被人類看見呢？」韓初恩說著樂觀的猜想，但自己都忍不住笑了。

「你自己都覺得荒唐吧？」陳映海也笑了，「我也不排除有這種可能，但若是善意的舉動，這裡放有那些物資不就不合理了嗎？」

「也是。」韓初恩放棄了。

「但是，有物資就表示了幾點，人魚的確可以變成人類，否則這些物資該是誰運送跟搬移，又或者該是誰建造那些屋子呢？」

「那如果建立在人魚可以變成人類的情況下，加上海邊的鱗片，表示他們在成為人類的時候，身上是有鱗片的。」想到這裡韓初恩又覺得奇怪了，「妳說鱗片延伸到海邊，但是卻沒有腳印嗎？」

陳映海一愣，若有所思地說：「等等……這還真的是耶……」

「所以不是人魚，是飛魚囉？」韓初恩開了個玩笑。

「飛魚，那有點可怕耶。」陳映海也笑了，「或許是有人想誤導我們，又或是有什麼方法能讓腳印消失吧。」

「這下就真的變成偵探小說了。」韓初恩聳肩，「那個山洞，妳去看過了嗎？」

「還沒，那個山洞是我偶然發現的。」她頓了一下，「我剛剛的話還沒說完，除了證明人魚可以變成人類外，就是他們要怎麼來到這座島上？總不可能是游泳把物資送來吧，那就全濕啦！」

「妳的意思是……有船！他們有船運送物資，而最有可能停泊的地點就是山洞那！」韓初恩瞪大眼睛。

「沒錯！」陳映海很欣慰韓初恩一點就通，「所以我才沒有告訴大家，因為等我們會合後都已經傍晚了，要是大家血氣方剛說著馬上出海，那就太危險了。」

「妳很聰明，的確不能說。」

「……還有就是，我想留在這裡多一點時間。」陳映海欲言又止。

「怎麼了？難道妳也想找人魚嗎？」

「不，其實……」陳映海的眼眶蒙上一層薄霧，「施本潔跟著我一起掉到海裡，我們落海以後都還一直在一起，甚至是人魚救我們時，都是同時把我們帶著走，我在海中有看見施本潔……但是醒來以後，她卻不在了。」

韓初恩倒抽一口氣。

「如果人魚真的會吃人，那施本潔是不是第一個犧牲者？」

天空晴朗，豔陽高照。

在海島上醒來的第一個早晨，意外地每個人都睡得很好。

人一旦睡飽吃飽，就會對現狀比較樂觀積極。

所以一早起來，葉宜靜的緊張感就比較沒那麼重了，腳步甚至有些輕快，幫所有人的罐頭打開，還添了水放到桌上。

但對比之下，徐品超就顯得臉色蒼白，看起來似乎比昨天更不安。

「怎麼過了一晚還沒有人來救我們？」徐品超第一句話便是這句，「會不會是直升機經過沒看見我們？昨天我們應該要在沙灘上寫下SOS才對，電影都是這樣演的……」

「放輕鬆點。」雷向日吃著罐頭，有些冷漠，「至少我們有得吃還睡得暖，你不如當做是在度假，這樣心態上會比較輕鬆。」

「輕鬆？我們確實就是遇難了，我要怎麼當做自己在度假？」徐品超站起來大吼，「我才不懂你們，怎麼能夠嘻嘻哈哈地當做沒事發生？還在這邊吃東西聊天！」

「冷靜一點。」韓初恩說。看來昨晚陳映海保留一些事情不對他們說，果然是好的。

「冷靜？要我怎麼冷靜？」徐品超抓著自己的頭髮，「都是你們說要找人魚！現在搞得我們都落難了，該怎麼辦？我們會死在這裡！我們都會死！」

對於徐品超的歇斯底里，所有人都有些不知所措，葉宜靜本能地躲到雷向日旁，抓著他的衣袖瑟瑟發抖。

而陳映海則和韓初恩對看一眼，無聲地用眼神意會彼此當務之急就是讓徐品超冷靜。

「閉嘴！要探訪人魚是全社團決定的，不是只有我。你是社長，你忘記是你同意的嗎？」但雷向日的暴怒卻率先而出。

「你以為我不知道嗎？是你跟周文提議要查人魚，還說你有證據顯示人魚真實存在！周文覺得有趣便答應了，這一切都是你的錯。」徐品超也不甘示弱地反駁。

這讓韓初恩有些驚訝，原來人魚是雷向日提議的嗎？他一直以為是周文他們決定的。

「但是社團本就是探訪傳說不是嗎？加上船難也不是能控制的事情，況且我們都在這裡，沒事的，一定很快就會獲救。」韓初恩盡量維持沉穩的聲音說道。

「啊……你才是最有資格生氣的人……被我們拉進毫無興趣的社團……然後還落海……」徐品超忽地喃喃自語著，雖然還是令人不太放心，但至少不再咆哮。

幾個人戰戰兢兢吃完早餐後，雷向日看起來還是有些不舒服，葉宜靜提議去附近走走、曬曬太陽會比較好，於是兩個人就往另一方向的海邊走去。

而徐品超咬著拇指指甲，看起來還是很不安，但韓初恩並沒有跟他搭話，而是和陳映海離開了屋子。

他們往樹林走去，陳映海想帶他找尋昨天撿到鱗片的地方，無奈什麼也沒看見。離奇的是，昨天他們先把鱗片放在某棵樹下用石頭壓住，但現在卻消失無蹤。

「被人魚撿回去了吧。」陳映海開玩笑地說著。

「我覺得她留下鱗片就是想誘導妳。」

「誘導我做什麼？」

韓初恩聳肩，「吃掉妳吧。」

「人魚吃人要怎麼吃？生吃嗎？」

「不管怎麼吃，都很可怕。」韓初恩搖頭。

昨晚，他們並沒有貿然在漆黑的夜裡去山洞探訪。雖然推測有船，但也只是推測，要是他們先告訴大家這件事情，換來每個人的期待，最後一同到山洞卻什麼也沒看見的話，那不就慘了？

沒什麼比燃起的希望被熄滅而迎來的失望更教人絕望了。尤其徐品超現在的狀態，實在不適合有更多的期盼與刺激。

「我都不知道徐品超是這樣的人，我還以為他成熟穩重，沒想到周文一不在，他就亂了套。」

「人在太平盛世下的時候，都是理性且穩重的。」陳映海倒是不意外，「但如果我們遲遲沒有獲救，那這座島除了人魚令人要注意外，就是徐品超最危險了。」

「有到這種程度嗎？」韓初恩不敢相信。

「取決於我們遇難多久，糧食多久吃完，有沒有發生什麼戲劇性的改變。」

陳映海聳肩，「但說實話，如果徐品超的精神持續不穩定，那不知道他會做出什麼。」

不得不同意陳映海的話，明明昨天徐品超看起來還好，怎麼忽然間就這樣了呢？

「我們快到了，要小心一點。」他們兩人沿著沙灘走著，果然看見前方有塊小山壁，被大量的植物覆蓋，若不近看，會以為只是樹林的某一角落罷了。

他們緩慢走到洞口，從裡頭傳來沁涼的風，雖然現在是白天，卻無法看清山洞究竟有多深，但這的確形成了一小塊港灣，可如果有船，站在這應該也要能看見才是。

「如果真的要藏船，應該會停得更進去。」陳映海站在洞口張望，「比我想像的還要大、還要深，就算是白天，直接進去好像也有點危險。」

韓初恩抬頭看了洞口頂端的山壁，海水波光粼粼，反射在山壁之上，看起來沒有蝙蝠也沒有其他生物，而裡頭的海水也沒有魚群。

「這座島真的很奇怪。」韓初恩皺起眉頭，「沒有任何會動的生物存在，除了我們。」

「經你這麼一說，好像是真的耶，樹林沒有蟲，海裡也沒看見任何魚……」陳映海捂住嘴，「天啊，所以我那個推論是真的！」

「可能性提高。」韓初恩覺得心臟狂跳，「但同時，也表示有船的機率更高了。」他看著山洞深處，決定要進去看看。

「我進去，妳在這邊等。」

「等一下，你真的要進去？」陳映海驚呼。

「就像妳說的，時間越久，徐品超的精神狀態或許會更危險，這樣對我們都不是好處，所以我得把握時間才行。」他摸上一旁的山壁，「我會摸著山壁繼續往前走，直到沒辦法走為止，至少可以稍微搞清楚裡面有什麼。」

「韓初恩，你還真勇敢。」陳映海凝視著他，說出了這句話。

「不，我一點也不勇敢。」韓初恩低下頭，「我無法面對人生，才會消極度日，才會鬆開雙手。」

她些微睜大眼睛，「你是說，自己鬆手墜入海中嗎？」

「嗯。」韓初恩苦笑，「所以我一點也不勇敢。」

陳映海握住了他的手，「很勇敢啊，你現在不就為了大家邁開步伐？」

她的手十分溫熱，在此刻，宛如冰冷的海中唯一暖流。

「謝謝妳。」真是令人驚訝，從昨天開始，陳映海就不斷說出觸及他內心的話語。

「如果真的看不見前方了，就不要再前進了，而如果我覺得你有危險，我就會進去。」

「妳不用進來，太危險了。」韓初恩立刻阻止。

「所以，你不要讓我覺得你會危險。」陳映海認真地說。

於是韓初恩點頭，轉身摸上山壁邊，沿著一旁的石頭進去。

一開始，他還能聽見海浪聲音，看見海水與山洞口的光亮。但很快地，眼前的光線逐漸消失，手上的山壁觸感冰涼又堅硬，他還摸到了水珠。

他的每一腳步都更加謹慎小心，感受得到腳下的濕滑，只要一個不小心，都會直接落入海中。

他不能確定山洞中的海水有多深，但假設船隻真的藏在其中，那海的深度一定超乎想像。

於是韓初恩嚥了口水，緩步前行。他眼前幾乎是全黑了，不知從什麼時候開始，連海水的聲音都消失了。他只能聽見自己的呼吸聲，還有心跳聲。

他一直以為在黑暗的地方久了，眼睛就會習慣進而可以看見點東西。但此刻韓初恩才發現，在真正的全黑之中，沒有任何光源反射物體之下，是看不見的。

他呼吸急促，恐懼逐漸加深。

是不是該回頭了？

但是他都走到這裡了，或許再往前一點吧？

可是，如果他什麼都看不見，那就算船在旁邊，他也沒辦法發現吧？

就在這時候，他聽到了撲通一聲，自己的腳居然踩到水了。

是水窪，還是海？

前方是跨過去就能過的水窪，還是走幾步能躍過的積水？

又或是，會直接淹死的深海？

他心跳得好快，能感覺到自己的手在發抖。

「嗯～嗯嗯～」

一個悅耳卻又帶著些許詭異的聲音就這樣出現在他的腳邊。

他嚇了好一大跳，這是幻覺嗎？怎麼會有女人唱歌的聲音。

「嗯～嗯嗯～啦～啦啦～」

那聲音從他的右邊來到了前面，接著又往右邊過去，忽然很遠，又忽然很近，然後他聽見氣泡的聲音。

從水裡，吐出氣泡至海面上破掉的聲音。

「啦啦啦～啦啦～哼哼～～嗯～」聲音不只有一個，此起彼落的從四面八方傳來，那歌聲悅耳又令人沉醉，韓初恩恍惚了起來，他彷彿看見自己待在小時候的家，和爸爸、媽媽以及妹妹開心吃飯的模樣。

「哼哼～哼～」歌聲高亢卻不刺耳，頭腦無法仔細思考，天旋地轉，分不清東西南北。

歌聲來源似乎不在腳邊了，而是緩緩升高，最後就在他的耳邊。

「啦、啦、啦。」悅耳的女聲在耳邊響起。

他看見爸媽和妹妹準備要出門了，要他快點跟上，所以韓初恩往前踩了一步，他的腳踏入海中。

韓初恩！跑！

陳映海的聲音忽地傳進腦中，韓初恩猛然驚醒，也立刻抽回他浸濕的右腳。

他看不見，可是可以清楚感受到，有東西在附近。

只要伸出手，他就能碰到對方，可是本能地，他明白伸出手會遇到壞事，所以他立刻轉身，用右手摸著山壁，然後拔腿狂奔。

他的心跳飛快，甚至忘記自己有沒有呼吸，他聽見許多東西快速游泳，跳起又落下，像是海豚般的落水聲。

「啦啦～啦啦啦～」那些歌聲不絕於耳，好聽，卻令人戰慄。

他一路狂奔，好幾次都差點跌倒，手指尖在山壁高速摩擦而疼痛著。

很快他終於看見前方光源，那些聲音停在了光所觸及的極限之處，韓初恩把握機會拉開距離，他見到山洞前，一個擔憂的人影就在那張望。

「韓初恩！」陳映海大叫著，韓初恩的心跳好快，他伸出雙手朝陳映海張開雙臂，而陳映海一見到他，擔憂的眉目終於鬆開，露出笑顏也對他雙手敞開。

「陳映海！」他們擁抱在一起，往後倒在了沙灘上，陽光照射在他們的臉上與背上，炙熱的溫度讓韓初恩冰冷的身體得到緩解。

山洞中傳來了細微的聲響，像是有群東西集體地往海中緩緩離去，但這或許只是韓初恩的想像，因為他已經離光的極限之處有段距離了。

他和陳映海坐在沙灘邊，正感受著沙子的炙熱以及太陽的曝曬，企圖讓身體溫暖更多。

韓初恩把在山洞遇見的事情都告訴陳映海了，雖然不知道這裡到底有沒有船，可是他們至少確認了人魚真實存在。

「那不是我的幻覺嗎？」韓初恩不是很肯定，畢竟人在全黑的環境之中一段時間，很難保持神智清醒也是很正常的事情。

「不，那一定就是人魚，歌聲、快速跳出水面又落下，甚至追上你。」陳映海咬著下唇，「還有就是關於你看見的東西……人魚的歌聲會讓人產生幻覺，是怎麼樣的幻覺端看人魚要怎麼做，但目的都只有一個，就是要誘拐人類。」

「……我看見了小時候，我們一家人在餐桌吃飯的模樣。」韓初恩低下頭，看著細緻的白沙，「那是我最快樂，也最懷念的時光。」

陳映海疼惜地看著韓初恩，伸手環住他的肩膀，將他的頭往自己的肩膀上靠，「沒事，現在我在這。」

韓初恩忍不住一笑，「反了吧，通常都是男生這樣對女生做的。」

「哎呀，不可以男女歧視喔。」陳映海也開玩笑地回應，「安慰這種事情，沒有在分男女的。如果你難過或是想哭的時候，我會在這。」

陳映海明明只大自己一歲，卻像是大了自己好幾歲般的成熟姐姐，這讓韓初恩很安心，可同時也有些奇怪的感覺。

像是姐姐，但又不希望是姐姐。

這是什麼感覺？

「還有一件事情，我也不知道是不是幻覺。」韓初恩有些口乾舌燥，「我當時一腳踏入海中，好在重心還在後腳，才沒有跌到海裡。」

「什麼？你甚至還踏入海裡了？我就說太危險了，要你別進去了！」陳映海驚呼。

「然後，我聽見了妳的聲音，就像是直接從腦中出現，叫我跑。」韓初恩靠在陳映海的肩膀上，靜靜看著前方的海浪，「妳有喊我嗎？」

「從你進去以後，每隔一段時間，我就會喊你的名字，希望當你需要時，能夠順著聲源找到方向。」陳映海的手依舊緩慢地拍著他的肩膀，「但是，我想我的聲音不會傳到那麼裡面，這或許是你大腦的急救機制吧。」

「謝謝妳。」韓初恩鼻頭有些酸楚。

「不要謝我，謝你自己救了自己。」陳映海嘆了一口氣，「但這下子就確定，真的有人魚的存在了，好不真實，好令人難以相信。」

「……而且，她們真的不懷好意。」韓初恩也嘆氣，「但奇怪，我沒看見銀白色的長髮。」

「會不會頭髮也是需要光源的反射，所以你在裡頭才看不到？」

韓初恩聳肩，這個疑問沒有答案，也希望不要有答案。

「如果人魚真的要攻擊我們，那該怎麼辦？」

「我想我們就離海水遠一點吧。」陳映海說了一個實際的方法。

「但如果他們會變成人類，似乎也沒有用？」

「……我猜想，就像人類長時間待在海裡是沒辦法生存的，人魚或許也是一樣，所以他們上來陸地的時間一定有限，或許行動力也會下滑，所以在陸地上，我們有絕對的勝算。」陳映海的邏輯分析很有道理。

「剛剛發生的事情，要告訴他們嗎？」

「從你的表情看來，你也知道答案了。」陳映海苦笑，韓初恩亦然。

他們不但沒有發現希望，還證實了最壞的想像。

在這個節骨眼，或許還是繼續當作秘密會來得更好。

後來，兩人又簡單地探索了一下這座島，發現除了中央的樹林和民房，還有北邊的山洞外，這座島什麼都沒有，就只是被沙灘環繞的小島罷了。

而當他們回到屋子時，發現氣氛有些奇怪，雷向日明顯急躁不已，葉宜靜則憂心忡忡，徐品超坐在自己的被褥上，依舊喃喃自語著。

「你們去哪裡了？」雷向日的語氣不甚友善。

「我們就隨便走走……怎麼了？」韓初恩模糊回應。

「我們剛才發現這座島有山洞。」沒想到葉宜靜語出驚人。

韓初恩和陳映海克制表情與互看的衝動，裝作驚訝的表情，「山洞？在哪裡？」

「居然有山洞，天啊！」

但因為刻意要表現驚訝，反而顯得更加誇張。要是在平常一定會被發現不對勁，但是因為此時狀況特殊，所以並沒有人對於他們不自然的反應有太多想法。

「因為向日要曬曬太陽，所以我們就沿著沙灘走，意外發現的山洞，在很邊邊又被植物覆蓋，真的很不容易發現。」葉宜靜已經用兩個字來稱呼雷向日了，看來葉宜靜在危急時刻把對方當作浮木了。

「山洞看起來有些危險，但我猜測，那或許就是人魚的巢穴。」雷向日的臉色看起來蒼白，但他講出的話卻令韓初恩十分訝異。

「為什麼會這麼說？你進去過？」是在他之前進去的，還是他之後？

「如果人魚要躲藏，一定就是躲在那裡了。那裡漆黑陰冷又是深海，最適合她們了。」雷向日咳了幾聲。

「你還好嗎？是不是感冒了？我去找找看其他屋子有沒有藥好了……」葉宜靜說完就要離開，但卻被雷向日拉住。

「不用浪費力氣了，這裡不會有藥。」他說得篤定，連一點猶豫的時間都沒有，這讓韓初恩覺得非常奇怪。

「雷向日，你……知道這裡嗎？」韓初恩忽地就說出這句話，但卻是此刻的直覺。

「我一開始就說了，我不知道。」

「但你事實上是知道的吧？你沒來過，但是你知道？」韓初恩也是一半猜測，但是雷向日瞇著眼睛看著他，那表情已經說明一切。

「所以你真的……」

「不對啊。」忽然，徐品超說話，他帶著疑惑看著眼前的韓初恩，「你說你是不小心鬆手了，可是我剛剛又看見了一次當時的場景，我很確定你是自己鬆手的，你鬆手前還閉上了眼睛。」

「啊？」所有人因徐品超天外飛來一筆而愣住，一瞬間沒人知道他在講什麼。

「韓初恩，是因為你故意要死，所以才會害得我也跟著你跳進海中，才會害我被人魚帶到這裡，才會害我等著被人魚吃掉！是你的錯，都是你的錯！」徐品超發狂似地大喊，雙眼通紅失去了理智，接著就朝韓初恩撲了過來。

「天啊……」所有人驚叫，韓初恩在沒有防備之下，被高大的徐品超撲倒在地，徐品超的手掐住韓初恩的脖子，力道兇猛，似乎真的要把他掐死。

「徐品超！你別鬧了！喂！」雷向日要將徐品超往後拉，但無奈身強體壯加上處於狂暴情況下的徐品超，在此刻幾乎無敵，他們三個人怎麼拉他都不為所動。

眼見韓初恩臉都漲紅快要翻紫，眼睛也開始上吊，陳映海急了，她立刻找尋有沒有什麼東西能夠讓徐品超鬆手。

「放手啊！他會死的！」雷向日大喊，用盡力氣要拉開徐品超的手。「他不能死啊！」

「天啊，這是怎麼回事！天啊！」葉宜靜也邊哭邊喊，拉住徐品超另一邊的手，但他們兩個根本毫無辦法。

「都是你害的！都是你害的！」徐品超像是殺紅了眼，「叫她們別再唱歌了！叫她們住嘴啊！」

「閃開！」陳映海大叫，拿起了罐頭用力朝徐品超的後腦砸了下去。

「嗚！」徐品超感受到後腦劇痛，下意識地鬆手要去摸後腦，卻一陣暈眩後往旁邊倒去。

陳映海愣了下，趕緊丟掉手中的罐頭，跑到了韓初恩身邊，「你還好嗎？沒事吧？」

「韓初恩！」雷向日用力拍打韓初恩的臉。

「咳！咳咳！我、我沒事……」說實話，不知道是脖子比較痛，還是被雷向日打了臉頰比較痛。

「太好了，我還以為你……」陳映海眼眶含淚，捂住了臉。

「嚇死我……」雷向日也癱軟在一旁，而葉宜靜戰戰兢兢地看著一動也不動的徐品超。

「他、他不會死了吧？妳用什麼打他？」

「我用罐頭，應該不會這麼容易死吧……？」陳映海也慌了。

「他沒事，暈倒罷了，但可能會腦震盪。可是若不用點力讓他暈倒，韓初恩就死定了。」雷向日看著胸口依舊平穩起伏的徐品超說。

韓初恩劇烈咳嗽，大口呼吸著空氣，而陳映海趕忙端了杯水給他。

「我說了，徐品超會很危險。」她低語著。

「我知道，但沒想到這麼快。」韓初恩也回應，「但是他剛才說唱歌……難道是山洞的那群……？」

「噓！」陳映海趕緊要韓初恩安靜，但是已經來不及了，雷向日瞪大眼睛看著他們。

「你們在說什麼？你們早就知道山洞的存在嗎？」雷向日厲聲地問。

「我們、我們不知……」陳映海趕緊要澄清。

「你們不要說謊，我也聽見了，」但是葉宜靜立刻幫雷向日搭腔，「剛才我就覺得你們的反應很奇怪，你們如果早知道山洞的存在，為什麼沒有告訴我們？」

韓初恩明白此刻說實話才是正確選擇了，就算不想讓大家抱持著恐懼與無端希望，但總比說謊讓彼此嫌隙加重得好。

他們是汪洋上的孤船，必須得同心協力，不能分裂才是上策。

「我們的確知道山洞的存在，但才剛發現沒多久，我們原先猜想裡面可能有船，但想要先確認再告訴大家，以免讓大家白開心一場。」韓初恩把事情都告訴他們，包含他在山洞中聽見的一切，那些歌聲、那些騷動，那些，似乎是人魚的東西。

「你見到人魚了？」雷向日雙目睜大，過來伸手就抓住韓初恩的肩膀，「你真的見到人魚了？」

「嗚……」脖子的傷痛還沒痊癒，就換來劇烈搖晃，讓韓初恩吃痛地喊了聲。

「等一下，他受傷了！」陳映海立刻推開雷向日，「他沒有看見，只是聽見！那些人魚躲在太陽照射不到的地方，而且我看見有人影出沒也是夜晚，我猜測人魚只能在晚上出現，不能曬到太陽。」

「妳又知道了？人魚如果只能在晚上出現，那我爸在漁船上就不會聽見人魚的歌聲。」雷向日咬著唇，「妳在誤導我們嗎？」

「什麼？我只是猜測！」陳映海倒抽一口氣，覺得雷向日不太對勁。

「人魚擅長的是使人產生幻覺，若是人魚真的能變成人類，妳會不會就是人魚？否則我回澎湖那麼多次，想找這座人魚之島這麼多次，就只有這一次遇到離奇的海難，順利來到這座島？」

即便正處於咳嗽狀態，韓初恩也沒有忽略掉雷向日的話。

「你早就知道這座島的存在了？」他艱難地說。

「是啊！我怎麼沒想到這點呢？人魚一定能變成人類，才能誘拐人類啊！誘拐人類最好的方式不就是踏入一個人類群體製造災難嗎？」雷向日大笑起來，他的臉色依舊蒼白，但他似乎非常瘋狂，「陳映海，我一直覺得妳很奇怪，現在想想，這一切都有了合理的解釋。」

韓初恩有種不好的預感，他下意識地把陳映海拉到身後，想要保護她。

「妳是人魚吧？」

雷向日的話讓現場所有的人大吃一驚，葉宜靜甚至發出細微的尖叫，還躲到了雷向日身後。

「說這什麼傻話？雷向日，你發瘋了嗎？」韓初恩有很多疑問，但此刻他得先保護好陳映海。

他知道遇難或許會使人心智發狂，但他沒想到會在水源與食物都充足的情況下發生，明明他們什麼都有，但為什麼大家會如此亢奮？

他覺得呼吸沉重，空氣十分黏膩與潮濕，連同身體都很沉重。

這座島嶼除了他們與人魚外，沒有其他會活動的生物。

這座島嶼，不是正常的島嶼。

雷向日剛才的稱呼是「人魚之島」，這到底……

「我看見了！在我落海的時候，我看見妳把施本潔推到海裡，之後妳自己再跳海！我一直懷疑妳接近我的目的，也一直懷疑妳為什麼要跟著來，這一切原來這麼簡單，因為妳就是人魚！」

「等一下，你到底在說什麼？」陳映海覺得莫名至極，開口要辯解。

「雷向日，你先冷靜一點，我們現在不要內鬨！」韓初恩也加大音量想要控制場面，但是雷向日卻衝了過來。

「如果你不相信，我就證明給你看！」

韓初恩伸手要阻擋，但是他狀況不好，被雷向日用力撞開。

「啊！」陳映海來不及反應，就這樣被雷向日扛在肩膀上，一路往屋子外頭跑。

「等、等我一下，我該怎麼辦？」葉宜靜慌亂地喊，還停下看著韓初恩，

「你、你還好嗎？」

葉宜靜想了想，還是過來攙扶了韓初恩，「雷向日好像有點奇怪，但是說不上來……我在跟他散步的時候，他好像對這個島瞭若指掌，但卻又像是第一次看見……」

「現在當務之急是先去找他們，妳知道雷向日想做什麼嗎？」韓初恩邊說邊往屋子外跑，葉宜靜也跟著跑出去。

「我不知道，但是他好像對人魚很執著，一直提到人魚的事情，讓我覺得很古怪。」葉宜靜跟不太上韓初恩的速度，但此刻韓初恩也沒辦法等她。

「抱歉，我得先追上去，妳要小心。」

「好、好……」葉宜靜邊說邊喘，但還是努力地跟上。

「啊！！！」

在踏出樹林的瞬間，聽見了陳映海的尖叫，只見雷向日扛著陳映海一路往海中去，他們的衣服都已經浸濕，接著雷向日把陳映海往海裡拋。

「你在做什麼！」陳映海落入水中，接著浮起身體後驚叫。

「陳映海！」韓初恩立刻跑到岸邊，也跟著下水想要拉起陳映海。

「人魚碰到海水就會變成人魚，妳若是想證明自己是人類，就待在海裡別動！」雷向日大喊。

「你是瘋了嗎？」韓初恩再一次吼，伸手就要拉過陳映海。

「好，我就證明我不是人魚，讓你腦子清醒一點！」陳映海推開韓初恩，惡狠狠地看著雷向日。

雷向日也不甘示弱，瞪大眼睛盯著。

他們三個人就這樣泡在海水裡，直到葉宜靜氣喘吁吁地來到岸邊，「你們別鬧了，快點上來了，在海裡這樣很危險！」

「看，我不是人魚，我的腳好端端的！」陳映海對雷向日大喊，露出了十分不悅的表情，然後就要往岸邊去。

韓初恩也瞪了他一眼，正要轉身一起游回岸邊時，卻聽到雷向日喃喃自語：

「怎麼可能？難道是海水不夠？」

他們再一次來不及反應，雷向日已經伸手抓住了陳映海的長髮，將她往後一拉。

「啊！啊啊……」陳映海驚慌地尖叫，下一秒海水湧入她的口鼻。

「一定是需要全身都泡在海水裡一段時間才會變身，一定是這樣！」雷向日像是發了狂似地，奮力把陳映海往海水下面淹去。

「住手，你是要殺了她嗎？」韓初恩拉著掐在陳映海脖子上的手，但海水裡不好施力，他根本找不到空隙，只見水下的陳映海不斷掙扎，她的長髮在水中飄散著，一直想掙扎卻無法起身。

「天、天啊！你們到底在做什……」原先在岸邊驚慌的葉宜靜尖叫，但是她的聲音卻忽然止住，像是看到什麼更令人怵目驚心的場景，捂住嘴發不出聲音。

一道又尖又細的聲音從遠方長嘯而來，籠罩住整個天空，那聲音令人不適又恐懼，就連發狂中的雷向日都停下了動作，往後方無際的海洋看去。

「咳！咳咳！咳！」

韓初恩終於抓到時機，將陳映海從海裡拉起，並把握機會抱著陳映海往岸邊去。

「啊……這個聲音……這個聲音……」雷向日看向海洋，臉上露出了狂喜之貌。

海上不知道何時起了濃霧，但是在這片濃霧之中，依稀可以見到許多黑影正上下跳躍著，配合落海發出的噗通、噗通聲響，就像是有巨大的海豚不斷從海面下跳進跳出。

那聲音尖細，像是尖叫，卻又不是尖叫。

令人不安、恐懼，卻同時有些著迷。

「那是人魚在唱歌！快跑！」韓初恩對還在海中的雷向日大喊，那些聲音太令人不安了，跟在山洞裡聽見的歌聲不同。

山洞裡，勉強還能感受到人魚們的玩笑，但此刻的聲音，就像是要把他們生吞活剝一樣。

「雷向日！快跑！」

「但這是我第一次離人魚這麼近，我少說也得抓到一隻……」雷向日雙眼睜得老大，看著前方黑影逐步靠近，他企圖伸手。

「雷向日！快點回來！你會死的！」葉宜靜哭喊出聲，雷向日像是回神了一般，猶豫又不捨，但最後還是咬牙游回了岸邊。

不能確定人魚到底會不會上岸，他們一路往民房的方向跑去，其間不斷回頭，想看清楚人魚的真面目，但是那團濃霧彷彿在幫人魚掩蓋真身，一路從海上蔓延至海邊。

最後，他們看見好幾雙手從迷霧中伸了出來，不是想像中的白皙，而是略帶青紫色的細臂，像是怪物一般，令人發毛。

幾個人終於回到民房，立刻上鎖，大家渾身濕透，寒冷無比。

「你們知道，人魚傳說還有另外一種說法嗎？」葉宜靜嗚嚶啜泣著，「就是找活人替代自己的水鬼，我真的不懂，你為什麼一直要找人魚。」

韓初恩寒毛直豎，配合著外頭那些怪異的歌聲，他腦子都亂成一團了。

「人魚不是水鬼。」但雷向日卻如此篤定，他帶著欣喜的神情看著窗外，「我就知道有用……」

「你到底在隱瞞什麼？你還有什麼沒說？」韓初恩氣憤地看著雷向日，他懷裡是不斷瑟瑟發抖的陳映海。

「我在找人魚，我沒有說謊，我的爸爸真的是被人魚帶走的。」雷向日輕描淡寫。

「除了這個呢？你知道這座島是什麼嗎？」

「人魚吃人，這座島是她們囚禁人類的地方，但同時也是能找到人魚的地方。」雷向日笑了聲，「我的爸爸，他不是普通的漁夫，是專門獵殺人魚的漁夫。」

他們倒抽一口氣，這怎麼可能？

「我們家族世代都在找尋人魚之島，但是人魚心機很重，她們很會躲藏，用歌聲迷惑人類，讓我們在海上失去了方向，不斷獵殺我們……」

這下子，連韓初恩都開始發抖了。

他不知道雷向日說的是真的，還是他發瘋了。

或許門外的人魚們，比眼前的男人還不危險。

Chapter.03

人魚

雷向日的家族是獵殺人魚的古老家族。

但雖這麼說，並不是整個雷家人都知道這個秘密，只有少部分的人才會被選為獵魚者，其他的家族成員，不過就是以為自己只是普通的漁夫罷了。

也因為長年獵殺人魚的關係，人魚也會獵殺他們家族。

就這樣鬥爭了好幾年，一代接著一代。

雷向日的父親親眼見過人魚，他說，人魚並不是好看的種族，和童話故事差多了。

然而人魚們很奸詐，她們會千方百計偷回被獵殺的人魚屍體，所以即便獵魚者見過人魚、殺過人魚，卻從來沒辦法把屍體帶回家族。

雷向日，就是這一代的獵魚者，他以前跟著出海過幾次，也從前輩們口中得知人魚之島的存在。

那對他們來說，是個實際存在卻又如夢似幻的地方。

曾有個從人魚島死裡逃生的祖先回來後，把人魚島的一些事情寫入獵魚者的日誌之中，相傳人魚島存在於臺灣和澎湖中間，具體位置不清楚，因為人魚的歌聲可令船隻遠離，也可改變聲納的方向，甚至還能引起海洋上小部分的天氣異變。所以人魚之島的存在，才能一直沒被發現。

相傳人魚是雜食性，她們能吃魚類也能吃藻類，但她們更愛吃人。她們會誘拐男性人類，與她們一同生子，一旦確認懷孕後便會吃掉人類當作營養價值。人魚誕下的一定是雌性人魚，她們是個只有雌性的種族，千年來透過如此方式生存……

「因為她們吃人、誘拐人，所以我們家族是替天行道，是為了人類在戰鬥。」雷向日說得義憤填膺，但韓初恩還是覺得很怪。

「所以你親眼見過人魚嗎？」陳映海用棉被裹著自己，極其不信任的眼神看著他。

「看過，也不算看過。」雷向日早就對陳映海失去興趣，他現在在乎的都是外面的那群人魚們。

「看過就看過，沒看過就沒看過，你在講什麼？」韓初恩也沒好氣。

「在海上，船隻顛簸，霧氣很濃，海浪很大，我站不穩。但大家都奮力對抗濃霧中的黑影，所以我也不想躲起來。我朝濃霧丟出魚叉，那劃過了空氣中的霧，我看見了亮綠色的魚尾，但是魚叉對她沒有造成傷害，她們的鱗片非常堅硬，很難突破。」雷向日看著窗外濃霧逐漸散去，歌聲也正在消退。

「她們、她們走了嗎？她們不會再來了吧？」葉宜靜抱頭痛哭，「我們還能回家嗎？嗚嗚，我想要回家啊……」

韓初恩知道雷向日沒說謊，但同時也知道雷向日還有事情沒說。

但是今天禁不起更多的衝突，也禁不起更多的勞動了，他們都好累，得好好睡一覺才行。

不過有鑑於雷向日短時間內連續攻擊了陳映海兩次，對方表示不想跟他待在同一個空間，於是韓初恩和陳映海便前往了另一間民房。

「如果妳有疑慮，妳自己去就好了，韓初恩沒必要去。」雷向日冷言。

「雷向日，我覺得你最好冷靜一下。」不用等陳映海說話，韓初恩已經反駁了。

就這樣，他們兩個前往了另一間民房。

他想，就算他們都得救了，彼此之間的感情應該也都破裂了吧。

「韓初恩，你有問題想問我嗎？」

待兩人都洗好澡，各自縮在被窩之中時，陳映海幽幽地開口。

「沒有。」韓初恩沒有猶豫。

「雷向日說的那些，難道你都不懷疑我？」

「他說什麼都不重要，他神智不清楚。我只相信看見的妳。」

聽到韓初恩這麼說，陳映海笑了，發自內心、真心的那種。

「你……是個心地善良的好人，你應該要活下去的。」

「大家都該活下去的，就算是雷向日和徐品超那樣，我也覺得他們該活下去，是這座島讓他們變得奇怪。」

「人魚的確會製造幻覺、引發恐慌……但，人魚的能力並不能讓人改變性格，她們只會引導出人真實的模樣。所以你所看見的雷向日和徐品超，那才是他們真實的模樣。」陳映海喝了一口溫水，「就像我說的，太平盛世之下，每個人都可以和平理性且穩重。」

「……我還是想相信，人性本善的。」韓初恩說著，就像是他的叔叔和嬸嬸一樣，即便他的爸爸給他們添了很多麻煩，他們還是養育他到了成年，沒有虐待也沒有冷暴力，甚至每一次家族旅遊也都會帶上他。

「韓初恩，我說你該活下去的意思，是指說你內心深處該真正地放過自己，活下去。」陳映海的聲音既柔軟又輕聲，「你當時不過也只是孩子，你沒辦法做任何事情，也改變不了任何事情，我希望你能好好活下去。」

韓初恩這才明白陳映海的意思，他鼻頭一酸，然後點點頭。

見他如此，陳映海扯了一個微笑，轉移了話題，「雷向日剛才說的那些，雖然難以置信，但我相信是真的，依照他對人魚的執著來看，他們家真的和人魚很有淵源。」

「但是為民除害才獵殺人魚這種理由，我覺得不可能。」光是雷向日見到人魚那種貪婪的模樣，絕對就是這種打著正義旗幟而滿足私慾的獵殺罷了。

問題是，他們想獲得人魚做什麼？

公諸於世，名留千史？

是這種講求聲望或是獲得財富的理由嗎？

感覺也不太對，好像是更深層的貪……

「……我大概可以猜到他們的理由。」

這讓韓初恩愣了下，「什麼理由？」

「相傳，人魚之血可治百病，人魚之肉可長生不老，人魚之淚可化為寶石。」

陳映海虛弱一笑，「這應該很吸引人類吧？」

「這種傳說，妳是哪裡聽見的？」韓初恩些微皺眉。

「你聽過日本八百比丘尼的傳說嗎？」陳映海眼神悠悠，「她就是吃了人魚肉，活到了八百歲後回到故鄉，於一座山洞前種下山茶花，表明只要山茶花枯萎了，那她一生也了結了，接著步入山洞之中，從此再也沒出現。」

「那花還開著嗎？」

陳映海聳肩，「誰知道呢？但是人魚肉若能使人類不老不死，她要怎麼死去呢？」

「人魚各國版本皆有，怎麼知道哪些傳說才是真實？」

「所有的傳言都有其真實，傳說就是根據真實口耳相傳，到了後來以訛傳訛，但最初，一定是來自真實。」陳映海微笑了下，「我們不是證實了人魚存在嗎？」

「……所以他們是為了長生不老？為了寶石換成財富？」

「還有血，別忘了人魚血，那連癌症都能治癒。」陳映海曾幾何時停止了發抖，「你知道他們若是抓到了人魚，他們會怎麼對待嗎？」

韓初恩搖頭。

「他們會將人魚囚禁起來一輩子，需要血的時候取血、需要肉的時候割肉、需要寶石時逼迫人魚流淚。除非砍頭，否則人魚不會死，甚至連心臟都能再生，人魚將會永生永世被他們的貪念給折磨著，求生不能、求死不得。」陳映海說得咬牙切齒，「你見到他看見霧裡那群人魚時的貪婪了吧？他並不害怕，就連人魚的數量是他的幾十倍的這種劣勢下，他都還在想著要怎麼獵殺人魚！」

「映海。」忽然韓初恩開口，他的手溫柔地按壓在她的肩膀上，「沒事的，我在妳身邊。」

陳映海一愣，她不可置信地看著韓初恩。

這瞬間她明白，自己過於激動的情緒，讓韓初恩已經領會一切。可是溫柔的韓初恩卻什麼也沒問，輕輕地安撫著她。

「對不起，初恩。」

「不用對不起。」

「不，我要說對不起的，是我……」

「無論妳做了什麼，或是什麼樣的人，我都相信這段時間以來我看見的妳。」

「萬一這段時間的我是假的呢？我只是在維持一個人設呢？」

韓初恩思索了下，「那妳或許可以去當演員囉。」

陳映海噗嗤一笑，「初恩，我在打工之前，就認識你了。」

「是嗎？」韓初恩努力回想，「我不記得見過妳。但難怪妳看見我的時候很驚訝。」

「是啊，沒想到跟在雷向日身邊，可以見到你，我很訝異呢。」陳映海扯了嘴角，「所以當我發現雷向日的意圖，才會也跟著來。但……本來就也有任務該做，所以我這一切都是順便……」

「嗯……」像是聽明白了，卻也不太明白。

外頭月光灑落，從窗外照射在陳映海的身上，她看起來就像是毫無瑕疵的瓷器娃娃一般，臉上的肌膚宛如沒有毛孔一般，白皙的皮膚下似乎看得到血管，那靜靜美好的模樣，使得韓初恩看呆了，幾乎忘了呼吸。

「你這樣看著我，會讓我覺得很害羞。」陳映海垂下了眼眸，長長的睫毛、彎彎的笑眼，「初恩，你得逃出去。」

「逃？」韓初恩一愣，「怎麼忽然這麼說？」

「你會來到這裡是個意外，除了目標外，其實你們來到這都是意外，可是雷向日別有所圖，他以為我們是因為你才敞開大門，事實上我們的目標只是他……不……或許其他人根本沒差，她們誰都可以……」

「這邊，我就有點聽不懂了。」韓初恩笑著。

「我是說……」

「妳看，月亮真的很漂亮呢。」韓初恩看著窗外，「天空好像都沒有雲了。」

「初恩，我很認真……」

「我也很認真。」韓初恩望向陳映海，「就現在，我希望能享受片刻的平靜，希望我們可以好好相處。」

他知道自己逐漸接近真相，也知道陳映海打算說出真相。

他內心的猜測八九不離十，但他只想在真正完全得知一切以前，再享受最後的無知幸福。

「那我們去游泳吧？」陳映海提出邀請。

「但是海裡很危險吧？」韓初恩淡然說著。

「我在的話，就不會危險了。」陳映海一句話，道破了一切。

「會不會被雷向日他們發現？」

「我們到山洞去吧，諒他再怎麼有勇，也不會無謀到夜晚跑去山洞那。」

陳映海起身，朝韓初恩伸出了手。

他沒有多想，就牽上了陳映海的手。

那雙手好熟悉也好溫暖，陳映海微笑了下，那雙黑色的雙眸在眨眼的瞬間變成了白色閃耀的寶石般，但又在眨眼的瞬間變回了黑色。

陳映海小心打開了門，可以看見雷向日他們所在的民房開著燈但拉起窗簾，於是她拉起韓初恩的手，往另一邊飛快跑去。她邊跑邊笑著，那聲音既像是在森林中奔跑的孩子，又像是在海洋中嬉戲的海豚。

他們來到山洞前，陳映海對韓初恩歪頭一笑，露出了調皮的神情，然後轉身往海裡走去。

韓初恩心跳得好快，他看著陳映海優雅地踏入海中，接著幾乎是噗通而下，直接滅頂。這海水果然很深，陳映海好久都沒有浮出海面。

「映海？」他忍不住出聲，在月光照射之下，海面反射著光亮，但除此之外，海底的深處似乎也有什麼東西微微發亮。

韓初恩仔細看，才發現那是散開的頭髮，散發著銀白色的微光。

陳映海浮出了水面，她的眼睛是閃耀的白色寶石，在月光的反射之下，美豔無比。

而她的頭髮長長了好多，那銀白色的髮色，就如同他記憶中的一樣。

「我這樣子，你會覺得可怕嗎？」陳映海脖子以下在海面之下，此刻她看起來不像人類，卻美得如此虛幻。

「雷向日還說人魚的樣子不好看，但妳很美呀。」

陳映海嫣然一笑，「人魚有分階級，外貌與人類有明顯差異且不好看的，通常是聽命行事，一般人類所看見的人魚都是她們。」

「那妳是高階的囉？」

陳映海游到了韓初恩的腳邊，身體慢慢浮出水面，「我是符合人類期待的人魚樣貌，能命令那些人魚的存在。」

她的上半身雖赤裸，但身體卻環繞著銀白色的鱗片，在月光的反射之下，發出微亮的光芒。兩側脖子的後方則有著鰓，從海面上可以看見海面下的陳映海魚尾晃動著，那白色又帶點綠寶石的光芒，美不勝收。

「人魚的位階是怎麼區分的？出生就決定了嗎？」韓初恩握住了陳映海伸出的手蹲了下來，他的腳放入了海水之中，雖然冰冷，但卻不令他害怕。

「我們人魚有一個魚后，她是世界上第一條人魚，透過與雄性人類結合而生出像是我這樣的人魚。」陳映海眨眨眼睛，擺動著魚尾，拉起韓初恩。

「像妳這麼漂亮的？」韓初恩一笑。

「我其他的姐妹更漂亮喔。」陳映海也笑了。

「那其他的人魚是……？」

陳映海則說：「準備好了嗎？」

「嗯。」韓初恩明白，她避開了這個話題，但他沒有追問。

陳映海一拉，韓初恩就落入了海中。

海水依舊冰冷刺骨，跟他記憶中的一樣。

但是這一次，他卻不覺得孤寂或是痛苦，因為一雙手正拉著他。

在海中，他睜開了眼睛，只見渾身散發著銀白光點的陳映海，臉帶著笑意，那美麗的銀白長髮在海中悠揚，像是盛開的花朵般。

他低下頭，看見了那美麗的魚尾，優雅地在海中擺動著，尾鰭透明且帶著銀白光澤，在海中格外美麗。

韓初恩浮出海面，「妳就是小時候救了我的人魚。」

陳映海一笑，但卻沒有回應。

「人魚也是長生不老的嗎？」

「砍頭就會死喔。」陳映海輕鬆說著如此可怕的事情，「但除此之外，我們幾乎不老不死，可誰知道呢？說不定我們只是壽命很長。」

「完全看不出來妳年紀很大呢。」韓初恩由衷稱讚著，惹得陳映海哈哈大笑。

「妳為什麼忽然願意告訴我妳是人魚了呢？如果妳不說，我會一直相信妳。」韓初恩問。

「我們的目標只有施本潔和雷向日，所以我想盡可能地不傷害你們，讓你們靠自己的力量逃離，且最好不要有超自然的現象，讓你們能夠無縫接軌地回去人類社會。」

「那施本潔和雷向日呢？」這是韓初恩第一次問出了施本潔的去向。

但陳映海依舊聳肩跳過了這個話題，她拉著韓初恩往山洞深處游去

「沒想到徐品超和雷向日會忽然失控，加上這麼多人魚找上門，讓我認為與其隱瞞自己的身分用一些牽強的推理藉口讓你找到船，不如我直接向你展示身分然後讓你離開。」陳映海的聲音在山洞中形成了回音。

「妳不怕我說出去？」

「我相信你啊。」陳映海說得輕快。

「那是不是表示，我們以後不會再見面了？」韓初恩問，而陳映海停下了。

「海底的世界很美喔，你看過嗎？」

「現在這麼黑，看不到什麼吧。」

「我帶你參觀一下吧，來，吸氣～」接著陳映海下潛，拉著韓初恩的手往海

裡游去。她知道韓初恩是人類，她必須注意深度還有速度，也得注意韓初恩是不是快沒氣了。

但是，這是唯一一次機會，她能和韓初恩在海裡悠游。

或許等韓初恩知道一切真相後，便不會再與她說話了。

陳映海與韓初恩並行在海中游著，她面對著韓初恩，拉起了他的手，從韓初恩的嘴口與鼻子不斷有泡泡冒出，看起來十分可愛。

「妳可以唱歌給我聽嗎？」韓初恩用嘴型這樣說。

陳映海則回：「當然可以。」

她在海中的聲音聽起來跟陸地上有些差別，但神奇的是卻能好好傳達到他的耳中。陳映海張開嘴，悠然地唱起了歌。

他聽不懂這語言，但語調柔美奇幻，不特別高亢，也不急促，是所能想像到最溫柔卻也最優美的歌聲，帶著一點淒楚的悲傷，令人心碎地想要擁抱。

韓初恩很想說點什麼，或是想表現出一些他很沉醉在陳映海的歌聲之中，但他的氣卻要沒了，露出了痛苦的表情，讓陳映海趕緊停下歌聲，帶著他游往海面。

「抱歉，我沒有注意到。」陳映海十分懊悔。

「我太沉醉在妳的歌聲了，捨不得離開。」韓初恩搖頭，而陳映海也笑了笑。

「初恩，有些話我想跟你說，我們快沒有時間了……你現在就得離開。」

「為什麼這麼突然？」韓初恩愣了。

「今天下午的人魚群是個警告，其他的姐妹認為我沒做好，所以下午才會派那些再生人魚們來給我最後的期限……」陳映海說著，那晶瑩的寶石眼睛帶著哀楚。

陳映海是人魚后親自生下的人魚，除了人魚后外，其餘的人魚都沒有生育能力。

而由人魚后生下的正統人魚，通常可以隨心所欲地變成人類，但每隔一段時間必須回到海裡好好「呼吸」一番，才能再次上岸偽裝成人類。

而她們所要做的事情，便是物色且挑選人類，雌性得帶回去給她們食用或是轉變再生人魚，雄性則是帶給人魚后繁衍或是吃掉。

正統人魚的血的確能治百病，但那得抹在患處才有用，也就是若得癌症，也得抹在患處。可若是飲用人魚的血，那便會成為醜陋的人魚，失去人類的記憶，變成人魚們的兵蟻般存在，負責戰鬥、擾亂人類。那被稱為再生人魚。

然而人魚只有雌性，也只有雌性的人類喝下人魚血後才能成為人魚。雄性的人類在與人魚后繁衍後無論成功與否，下場不是喝下人魚血而死，就是成為她們的盤中飧。

人魚不見得要吃人類才能存活，但是透過吃人，她們能獲得活力以及高營養價值，吃一個人類，抵過吃一百個海底生物。

於是，她們總是會選擇吃人。

人魚的價值確實存在，但唯有她們這樣血統純正的人魚血肉才真有其百分百效益，由人類變成無思考能力的再生人魚，她們的血肉雖然也有一點治癒的能力，但畢竟是半調子，吃下再生人魚血肉的人類短時間或許能獲得強健體魄，但很快便會產生副作用，幻覺、幻聽、幻視會極速惡化，除非吃下正統的人魚血肉，否則這樣的症狀就會持續一輩子。

許多忽然發瘋的人，多半都是在不知情的情況下碰到再生人魚的血肉。

雷向日的家族世代狩獵人魚，他們真的曾經非常接近人魚的核心，所以一直以來人魚們都十分防範他們。

雷向日的爸爸，在一次獵殺人魚中砍掉了再生人魚的頭，她的身體便落在了甲板上，所有人立刻割肉放血，但其他的人魚跳上了甲板，將屍體環抱後跳回了海裡。

雖然沒有了屍體，但是甲板上還留有一些肉與血，他們蒐集起來，打算回去交給家族。但雷向日的爸爸忍不住誘惑，偷舔了一口血。

他從來沒有那麼通體舒暢過，就連長年的肩膀疼痛問題也都消失了，彷彿回到年輕時候一般，他眼睛看得清楚、呼吸得順暢，就連身體都不勞累了。

光是一點點血就有此功效，要是飲下一杯呢？

雷向日的爸爸起了貪念，也還好他起了貪念，將那些辛苦集來的血趁著月下無人時喝光。

沒人承認血是被誰喝掉，這些獵殺人魚的夥伴失去了信任，而那塊肉被供奉進了家族，沒人知道由誰吃下。

但幾個月後，原先回春的長老卻忽然暴斃而亡，聽說死相淒慘，幾乎看不出人類的模樣。

也就是這個時候，雷向日的爸爸開始產生了幻覺。

陳映海不費吹灰之力，只需要在海岸邊唱歌，就將他爸爸引來海中，接著將他拖往海的深處溺斃而亡。

最後，他的下場就是落入人魚的腹中，填飽她們的肚子。

那一天，她見到了小時候的雷向日，正常來講，她也該一併將他帶走。但是當時的他還只是個孩子，陳映海的惻隱之心讓她選擇放過他。

自從雷向日爸爸過世，加上長老的暴斃，使得獵魚者安分了不少，獵殺人魚這件事情就越來越少發生，但只要雷家還存在，人魚們就沒辦法安心，於是她們正統人魚，一直以來都化身人類，在不同的時期由不同的人魚，在雷家人身邊監視著。

陳映海當時有其他任務在身，她得帶回雌性的人類回海裡，鎖定了施本潔的她卻意外在打工地方遇見雷向日，這使她十分驚訝，請示過後，便一同兼差了監視雷向日的任務。

而她發現雷向日雖然不像他爸爸那樣「獵殺」人魚，但他似乎在找另一種方式接近人魚。

他時常回澎湖，也常常站在甲板上凝視海中。更常常搭著小船在海上漫無目的地閒晃，她以為他在思念爸爸，後來陳映海知道，他是在找尋人魚之島。

若只是這樣，也沒什麼關係，畢竟人魚之島不容易被找到。

於是她繼續用著陳映海的身分，在雷向日身邊打轉，同時也加深和施本潔的友情。

會選擇她除了是因為她和家人不親，且有離家出走的前科，身邊沒有太多親密朋友，失蹤也不會引起軒然大波外。

就是施本潔身上的味道很好聞。

那是她們挑選雌性的一大基準，血液的味道要能吸引她們，才能夠與人魚的血融合，成為新的人魚。

雖然說，不合適吃掉也行。但血液的味道香醇，吃起來也才好吃。

但就在陳映海想著，要什麼時候約施本潔出去，神不知鬼不覺地把她拖入海中時，雷向日卻不見了。

一聽到雷向日離職，陳映海瞬間有些慌了，想著是否要請其他人魚幫忙交換監視時，就見到了韓初恩。

她一眼就認出韓初恩了，與人魚有過接觸的人類，身上都會留下人魚獨有的印記，那是種淡淡的，屬於人魚的味道。

是刻入血液的香味，只有人魚們才會聞出的氣味，她們留個記號，未來有天有機會時，會解決這些與她們有所接觸過的人類。

畢竟在科技日益發展的現今，或許有一天，人魚會成為天下皆知的存在，那對於本來就是瀕臨絕種的她們來講，無疑是雪上加霜。

尤其人魚的血肉對人類來說是多麼彌足珍貴，她們不能有絲毫漏洞，在漫長的人生之中，會觀察這些人是否洩漏了人魚的資訊，洩漏了多少，有無危害到她們生存的可能。

而韓初恩的狀況比較特別。那一天，陳映海正在海水中巡邏，聽見了魚群的騷動，牠們在抱怨人類又丟了大型垃圾進入海中。

從牠們的口中明白了，是有人連人帶車落海。正好她也該帶新的人類回去進貢了，所以她便打算去看看，如果天時地利人和的話，她就不需要特意再去誘拐人類了。

於是她往海面上游，沒過多久便發現一台轎車正緩緩下沉。

車輛很快落到了礁岩上，裡頭共有四個人，全部都已經昏迷。陳映海觀察了一陣子，注意到沒有任何人準備下來救援，於是她開了車門，觀察了一下。

爸爸和媽媽的血液都不吸引她，倒是後座的小女孩香得很。

於是陳映海游到了妹妹身邊，解開了她的安全帶，小女孩緩緩上浮，陳映海正準備抱起她時，一隻小手抓住了她的手腕。

韓初恩那一雙清明的雙眼看著她，他開口說著：「請救救我妹妹。」

接著又昏了過去。

陳映海有些驚訝，沒想到這小男孩意志力這麼堅強，且第一句話居然是請人救妹妹而不是他，這讓陳映海犯了惻隱之心。

她心想，或許只有瞬間，男孩還搞不清楚自己還在海裡，以為回到了岸上了吧？畢竟男孩甚至沒有注意到自己的異於常人，那發著寶石光芒的雙眼，還有銀白微亮的髮絲，以及那巨大銀白的魚尾。

男孩的血液並不吸引她，所以男孩不適合帶回去給人魚后，也不適合食肚。且男孩雖然看見了自己，但醒來後或許也不會記得吧。

於是，各種猜想都往樂觀的方向，其實不過是惻隱之心的陳映海想讓孩子有生存的機會。她決定把韓初恩帶上海面，讓他活下來。

那都只是一時興起的惻隱之心，她在韓初恩的血液裡留下了記號，未來某天，如果長大的男孩有可能危及了她們的存在，那她便會親手殺了他。

最後陳映海回到了車子邊，餵下了自己的血液給韓初惠，那瞬間原先彌留的韓初惠倏地睜大眼睛，露出了痛苦的神情，接著張大了嘴，她的臉部開始突變，眼睛越來越大，最後凸了出來，整顆眼球變成黃色，嘴巴也裂到耳邊，牙齒變得尖細。

她的四肢拉長，又細又瘦，皮膚也變成了青紫色。而她的下半身雙腿逐漸變成一條魚尾，爆裂的褲子中長出了綠色鱗片。

「跟我來。」陳映海輕聲說，化為再生人魚的韓初惠茫然地點頭。

此刻，韓初惠已經永遠死亡，取而代之的是一隻再生人魚的誕生。

她不會知道那隻再生人魚被分派到什麼海域、執行什麼任務，也不會知道那隻再生人魚的死活，因為陳映海並不在意，也沒必要在乎。

再生人魚就像是免洗餐具一樣，用了就丟，再換新的就好。

陳映海一邊說，一邊掉下了眼淚。

那淚珠尚未滑落至下巴，就變成了碎寶石，閃閃發亮著落入海中，那些碎寶石七彩，甚至還有鑽石掉出。

韓初恩雖然聽聞了震驚的事實，但明白人魚們的心狠手辣不過就只是為了保全自己的永續生存罷了。

如果人類不貪，那就不會有這麼多悲劇。

「對不起、對不起，是我殺了你的妹妹。」對於人類的死亡從來沒有太多的罪惡感，因為人類一直以來也在獵殺她們。

但是隨著和不同的人類相處，有時候她會羨慕起人類之間無價的情感，像是親情、愛情、友情等。

那是身為人魚的她不會體會到、也不會理解的陌生情緒。她們所做的一切，都只是為了生存。

然而重逢韓初恩後，雖然日子不多，但她真切感受到韓初恩是個好人，是個在危急時刻還會惦記他人的好人。她想起小時候，韓初恩也是選擇先救妹妹而不是自己。

她知曉了韓初恩的內心，甚至對於全家只有自己獨活而感到愧疚。她明白了韓初恩在孤寂的童年之中，居然還能設身處地站在親戚的角度思考他們的立場。

船難，的確是人魚們引起的，目的是為了帶走施本潔和雷向日。

其他人的落海都是意外，但會有這種意外，完全是因為在海浪捲走雷向日，加上她把施本潔推入海中自己也落海後，看見了韓初恩居然主動放手，投奔死亡。

那瞬間，陳映海的腦中一片空白。

她活了百年，從來沒有真正慌亂的時候，也從來沒有在乎任何物種死亡的恐懼。

她下意識地馬上衝往在海中翻滾的韓初恩，丟下了本該最重要的雷向日與施本潔，一路把韓初恩帶往人魚之島。

在她的呼聲之下，再生人魚一同帶著其他意外落海的人前往。

其實這一趟她很明白，多數的人都會有去無回。人魚不會讓知曉島嶼存在的人類回去。但在正統人魚發現前，她還有點時間，她還是能送回不該被波及的人類。

至少，韓初恩一定要活著才行。

「所以，你就快點搭著小船走吧，我會盡量一路保你平安，只要穿過前方的霧，就能抵達結界之外，很快就會被搜救人員找到。」陳映海哭著。

韓初恩看著眼前美得不可方物的她，內心湧起了愛憐之心。

她殺了很多人類，也承認了施本潔是她推下的，雖然沒明說，但想必施本潔不是被吃了，就是成為再生人魚。

但是，或許是因為沒有親眼看見，或是理性知道她做的不過是為了生存，又或許是此刻她的面容太過貌美，還是他內心深處明白一切都發生了，再怎樣責怪或是悲痛都不會改變。

於是韓初恩摸上了她的臉頰，「不要哭。」

「對不起，我殺了你的妹妹，對不起。」

「殺了我妹妹的，是我的爸爸，不是妳。」雖然再生人魚像是沒有思考能力的傀儡，只能奉命行事地徜徉在大海間，也可能在戰鬥中被人類砍頭。

但……那好歹，也是活著。

他的妹妹，早在上車那時候，就已經被爸爸殺死了，就連他自己的生命本該也結束在那一天，是陳映海救了他。

「嗚……」陳映海哭泣著，與韓初恩在海中相擁。

他從她的身上聞到了香甜的氣息，帶著些海洋與藻類的氣味，而他同時也發現這味道出自自己，原來這就是被人魚烙印的血液。

「我不會自己走的，我要帶走徐品超和葉宜靜。」他說出了自己的堅定，關於雷向日的家族與人魚的鬥爭歷史，他並不是當事人，也無法參與其中。

他沒辦法大愛地裝聖人說著要帶走每個人，事實上，就連施本潔也是無辜的，但是過往的經驗使他明白，他如此渺小，人生短暫，他不需要成就什麼，也不需要活得太久，更不需要去伸張那些與他無關的「正義」。

正義，從來都是留下來的後人所定義的。

「對不起，沒有辦法，你現在不走，就也沒辦法走了。」

「那我就不走吧，我本來也就沒有想活多久。」韓初恩抱住了她，「我們就一起在這吧。」

在這片星空與月光之下，海與天的交際模糊，於海上，綻放著銀白的美麗花朵，找到了她繼續綻放的理由。

他們在半夜回到了民房之中，梳洗後便準備入睡。

陳映海很快就陷入睡眠，原來人魚也是需要睡覺的呀。

韓初恩看著躺在他身邊的陳映海，已經恢復成黑髮與黑色的眼珠，皮膚依舊白皙，卻不像人魚模樣的時候閃閃發亮著。

今天，他們有更重要的事情得做。

陳映海說，人魚碰海水就會變成人魚這件事情，是她們在幾百年的努力之下，才讓人類有這樣的誤解，事實上人魚可以自行決定是否「現出原形」，跟海水無關，只要她們願意，就連在陸地上也能現形。

而關於她監視了雷向日這麼久，為什麼會忽然決定要「解決」他呢？

「因為他身上散發著人魚肉的味道。」陳映海在與他走回民房的路上說出這項驚人的事實。

在得知雷向日離職後，陳映海曾多次潛入雷向日的大學，她引誘產生幻覺並讓其他男同學向她報告雷向日的行蹤。

在某個平日，雷向日罕見地回去澎湖，這讓陳映海覺得奇怪，怎麼會難得在平日晚上忽然回去一趟澎湖呢？

但是當兩天後雷向日回到學校，陳映海明白是怎麼回事了。她聞到了人魚肉的味道。

這一趟雷向日回去澎湖，吃了人魚肉。

而那肉，就是多年前他爸爸的獵漁船進貢給家族的再生人魚肉塊。她原先以為，早在多年前，雷家長者就吃下了全部的肉後猝死，沒想到多年後雷向日又吃下了相同的肉塊。

這表示，當年的長者只吃了一部分，那還剩下多少？雷向日吃完了嗎？還是還有一些呢？他是怎麼拿到的？家族藏匿人魚肉塊的地方在哪？

即便正統人魚能夠化身成為人類，她們也從未想過要與雷家人成親成為間諜。因為一個不小心，正統人魚落入了獵魚人的手中，那可是會引起世界大亂的。

於是，陳映海才會決定與韓初恩搭話，讓自己也趕上這一趟澎湖行，順便名正言順地帶著施本潔一同出海，再製造混亂，將他們一網打盡。

雖然好奇這些年他們怎麼保存人魚肉的，但陳映海說人魚肉比一般的肉還要好保存，韓初恩不免想著，會不會是放在冷凍庫呢？

總之，今天一整天資訊量都太過龐大了，但韓初恩卻意外地內心平靜許多，這是他這麼多年來，第一次可以睡得那麼沉。

不知道時間過去了多久，韓初恩彷彿聽見有人走動的聲音，他下意識地睜開眼睛，竟看到雷向日手裡拿著自製武器，正站在他的腳邊。

他一和韓初恩對到眼，立刻撲向了陳映海。

「啊！」陳映海叫了一聲，韓初恩連忙要推開雷向日，但是那刀尖已經刺進陳映海的脖子。

「你在做什麼啊！」韓初恩驚恐地大叫，鮮血不斷從陳映海的脖子流出。

但是雷向日只是退後，靜靜地看著陳映海吃痛地把刀尖拔出，那血很快便停止，傷口消失得無影無蹤。

「妳果然是人魚。」雷向日冷著眼。

「哈，怎麼不猜我是吃下人魚肉的人類呢？」陳映海冷笑，擦去了脖子上的血，「怎麼樣，你要喝喝看嗎？看能不能治好你的病？」

雷向日些些瞪大眼睛，接著劇烈咳嗽，那聲音夾帶著哮喘，最後連血都咳出來。

「你就快沒命了。」

「這可不一定。」雷向日擦去嘴角的血，然後再次撲向陳映海，而這一次，陳映海雙眼瞬間變成了寶石眼，銀白色的頭髮也迅速長長，但她的下半身卻維持著雙腳的模樣。

手一揮，便將雷向日往旁一摔。

就在這時候，外頭傳來了尖細且高亢的聲音，迴盪在整個小島。

這令韓初恩寒毛直豎，他知道是再生人魚們來了。

「初恩！帶著葉宜靜和徐品超跑！」陳映海嘖了聲，馬上對他大喊。

「我不會丟下妳！」他也如此回應。

「你留下，就只會死罷了！你要大家都死在這嗎？」陳映海感謝他那份心意，但現在不需要更多無辜的犧牲了。

她只要完成任務就好，她只需要帶回施本潔跟雷向日就好……未來，她會努力保全韓初恩，另外兩個人她就無能為力了……但當務之急，是他們三個都得先離開才行。

韓初恩又盯著陳映海幾秒，這說不定是此生最後相見。

「我會等妳再來找我。」韓初恩說著，然後轉身離開了民房。

陳映海看著他離去，而地上的雷向日又緩緩站了起來。

他詫異地看著她，上下打量著，然後露出了狂喜。

「我以前看過的是妳吧？妳才是真正的人魚嗎？我就想，那些醜陋的生物怎麼可能是人魚呢？一定有真正的人魚存在，在我想像之中，就該是妳這個模樣啊。」走火入魔的雷向日發狂地說。

「你在哪裡吃了人魚肉？」陳映海只是冷冷地回應。

「我為什麼要告訴妳呢？」雷向日邪笑，「欸，是不是應該吃了妳，才是真正的長生不老？那些醜陋的半魚半人，只是半調子的能力，所以才會害得我們更加嚴重？」

「是。」陳映海簡短地回應印證了他的猜想，雷向日開心得手舞足蹈起來，

「但知道事實也沒用，因為你會死在這。」

「我的祖先曾經逃離人魚之島，妳又知道我沒辦法逃了嗎？」雷向日邪笑，接著再次朝陳映海撲來。

「別自不量力！」陳映海張開嘴，發出高頻的尖叫聲，這使雷向日下意識整個人跪下後縮在地上，並且摀住耳朵。

接著她開始唱歌，那聲音如麻花繩般纏上了雷向日的腦，將它緊縮又鬆綁，那聲音悠揚又令人不安，像是在偌大的空間卻毫無盡頭。

「告訴我，人魚肉還有剩嗎？」那聲音就像催眠一般，雷向日的表情變得恍惚。

「沒、沒有……只剩下最後一小口，被我吃掉了。」

當年，那人魚肉塊就不多，其實是全部都獻給了家族位高權重的一位長者，但長者的心腹起了貪念，在轉移人魚肉時，偷偷地用手指捏下了一小撮，藏在自己的口袋之中。

那一小撮的人魚肉就這樣被放在夾鏈袋中保存下來，沒人知道這件事情。

心腹原本想趁沒人注意的時候吃下，但之後長者卻暴斃而死，眼睛突出得像是銅鈴般，連嘴都裂開至耳朵，身體皮膚瞬間變得又青又紫，就像是妖怪一樣。

這件事情被以最高機密處理，長者被火化後下葬，家族開始思考，人魚肉是不是無法長生不老，只單純是個劇毒罷了？

但這個猜測馬上被推翻，要是人魚血肉真的對人類無益，那人魚們不需要幾百年來極力反抗甚至奪回屍體，她們只需要犧牲一條人魚讓人類吃下，不就能全滅了嗎？

從那之後，家族有了另一個猜測，人魚或許有很多種，她們都能造成人類身體短暫的強健，但只有最稀有、最尊貴的人魚血肉，才能真正治癒百病以及長生不老。

於是他們改變方針，不再去獵人魚，那只是削弱他們的人力和時間。他們該做的，是找尋真正的人魚。

這一切，繼承爸爸位置的雷向日自然也知道，他會參加家族的重要會議，一同商議該怎麼在新時代尋找真正的人魚。

而他會發現心腹私藏人魚肉的事情，完全都是巧合。

他不過是因為開會太晚，所以留在本宅一宿，半夜起身尋找廁所時，發現了遠方的微光。

深夜的本宅是有宵禁的，所以眼前會有移動的燈火不太合理，於是雷向日出於好奇便跟上了。

他的腳步極輕，對方根本沒有注意到被跟蹤。靠近後的雷向日發現是那位年長的心腹，他原先想自己多心了，正準備離開時，卻看見心腹心虛似地左右張望，那動作再次激起了雷向日的好奇心。

只見心腹打開了偏房的倉庫門，踏入後又小心翼翼關起了門。

他不知道心腹進去做什麼，但他記得小時候陪爸爸一起來本宅開會時，曾經在這倉庫附近玩耍，得知後方草叢的隱密處有一扇氣窗，可以看見倉庫裡頭的狀況。

於是雷向日憑著記憶找到那扇氣窗，果然看見心腹在裡頭鬼鬼祟祟地。

他從櫃子深處拉出了一個小型保冷箱，並將懷中的冰塊放入裡頭，然後從裡面拿起了一小塊物體，看不出是什麼，但心腹看起來極其寶貝。

「吃了會死，不吃也會死，我到底得吃還是不吃呢……要是被發現，可是會被殺頭的啊……」心腹喃喃自語著，又將那東西放回了保冷箱中，再塞回櫃子的深處。

接著心腹離開了倉庫，直到看不見他手中的燈光後，雷向日才摸黑踏進了倉庫。他很快就找到心腹剛才拿出的保冷箱，一打開後見到裡面只放了一個夾鏈袋，裡面則有一塊柔軟的肉塊。那肉看起來像是腐敗的肉類，又青又紫，仔細聞還能聞到魚腥味。

瞬間他明白這是什麼，這是人魚肉。

這麼一小塊且不規則形狀，一瞧便是偷偷撕下想要暗藏，但因為長者暴斃的關係，讓心腹躊躇了。

雷向日怒火攻心，獵魚者賭上性命在最前線獵殺人魚，而中心人物周邊的人卻坐享漁翁之利，這讓雷向日覺得不平衡。

他不像心腹如此膽小，於是他便將那塊肉直接往嘴裡送。

咬起來韌性很強，且令人作嘔的魚腥味是此生吃過最重的，因為分量不多，所以他很快便吞入口中，一進到胃裡，他便感到一陣反胃。

除此之外，沒有任何感覺。

於是他小心將一切物歸原狀，然後再步出倉庫。

回到房內繼續躺平入睡，他心想，或許這人魚肉已經放得太久壞了，又或是因為太過小塊，所以才會沒有作用吧。

但是那天夜裡，他的腦中卻出現了許多畫面，太過破碎，他甚至組不起來一個畫面。

唯一記得的，是海水從擋風玻璃前灌入，而他朝旁邊的人望去，是個眼熟的小男孩，他面帶驚恐，伸手握住自己的手。

然後就沒有了。

隔天，當雷向日滿身大汗地醒來時，他發現陽光和煦，微風涼爽，他渾身充滿了力量與活力。

他當時只當自己睡得好，直到下午登船準備回臺灣時，不小心在甲板上被一旁的欄杆凸出的釘子劃了下，手掌心有了一道傷口，還不斷滲血。

雷向日立刻用衛生紙捂著傷口回到座位上，從包裡找著ＯＫ繃與藥水，還一邊想著是不是該去打破傷風針，畢竟那鐵釘可生鏽得厲害。

當他找到藥水後移開衛生紙，哪還有什麼傷口啊，要不是衛生紙上的血紅色，他一定會懷疑剛才的是夢。

這瞬間他明白了，那人魚肉的效力，讓他長生不老了。

他興奮地想要告訴家族這件事情，只需要一小塊便有效，那根本不需要大量獵殺，只需要一條人魚即可。

但隨即他想起長者的下場，一邊思索會不會是長者吃得太大塊了，才會暴斃呢？

可瞬間他又想起，偷吃人魚肉可是死罪，雖然他現在不老不死了，但還是別輕舉妄動得好。

或許，他得抓了一隻人魚後回去，才更能抬頭挺胸吧？

就這樣，他瞞下了這個秘密。

而心腹發現人魚肉不見後，陷入發狂的情緒，但他卻不能告訴別人自己在找尋什麼，懷疑家族每個人。

他也試探過雷向日，但透過電話，雷向日裝傻的功力可是一流。

於是心腹也不能追問，就這樣抑鬱不已。

可就在雷向日覺得他更加靠近人魚的時候，他開始咳血了。

從鏡子裡頭他都能看見自己臉色難看，睡醒時頭髮也會掉一大撮在枕頭上。

事態不妙，他主動聯繫了心腹，詢問長者最後離世的進程是如何。

心腹起了疑心，懷疑是不是雷向日吃掉了他的人魚肉。

「什麼人魚肉？你私藏了人魚肉嗎？」雷向日不怕威脅，如此反問。

心腹理虧在先，加上論及地位，雷向日可是妥妥的雷家人，於是心腹也只能委屈自己吞，「老爺離開前，先是毫無血色，接著大量掉髮，然後開始咳血，越咳越劇烈，直到最後變成了怪物。」

雷向日背脊發涼，這時候才真正感到害怕。

他得找出辦法，不能就這樣死去。於是他想起了關於家族的猜測，打算找出人魚之島，在裡面找到真正的人魚。

這些年，他當然也有在找尋祖先留下的人魚島資訊，但都無果，他猜測，人魚一定有屬於自己的結界，讓人類找不到她們的安身之所，但距離一定會是在臺灣本島與澎湖之間，這是唯一的可能。

他知道人魚時常誘惑人類，雖然不知道挑選機制，但是他想起了韓初恩，這個小時候曾經跟人魚接觸過的室友。

如果人魚曾經和他接觸過，那再次接觸的機率應該更高吧？

他決定要將韓初恩獻祭給人魚，所以才會提議大家上甲板觀浪，他站在欄杆邊看著海面下，小聲地說著：「我吃了人魚肉，現在快死了。所以我帶了人類要獻祭給妳們，希望妳們救救我。」

他幾乎看見，海面下冒出了許多氣泡，那是人魚的回應嗎？

接著前方起了濃霧，船身開始搖晃，雷向日抬頭，看見了他小時候所見過的景象，濃霧之中，有黑影跳上跳下的。

他知道，人魚回應他了。

或許他會有機會活下來，只要他能夠抵達人魚之島，能夠將真正的人魚吃下肚。

海浪朝他襲來，他可以清楚感覺到從揚起的海浪中，有東西伸出手抱住了他，將他往船下拽去。

就在他落入海中載浮載沉時，他看見了陳映海將施本潔推下了船，接著也跳入海中。

忽然一個念頭浮現，陳映海是人魚嗎？

不然她為什麼要這麼做？

但這個念頭很快被海水的灌入而沖散，他失去了意識，但或許是因為吃了人魚肉的關係，他比其他人更早醒來。

他看見韓初恩跟葉宜靜與他一起躺在沙灘上，他立刻拍打韓初恩的臉，待他們兩個醒來後，他先是決定生火，再去探索這座島究竟是普通的小島，還是真的是人魚之島。

隨後遇見了陳映海和徐品超，他一路在觀察陳映海的舉動，發現她異常接近韓初恩。

他查過陳映海，她曾說過自己在Ａ大，但是Ａ大根本沒有她這個學生。原先雷向日想，或許陳映海就只是自己的跟蹤狂罷了，但是當韓初恩帶著她出現時，她說了一個很奇怪的理由，就是她對人魚也有興趣。

海底傳說的生物不只有人魚，海妖、海怪、海獸等，她能一瞬間就想到人魚這點，也讓雷向日存疑。

加上她提到自己也是類型相似的社團，這就更不可能了，他曾經搜尋過這附近的大學社團，並沒有與他們類似的。

陳映海說的每一句話都不是真實，她的身分是不是也不是真的？

隨著他的身體越來越不好，他的思緒也逐漸混亂。

彷彿一直有東西在他腦中唱歌一般，擾亂他的心智，而再一次引爆點後，他忽然想通了，陳映海就是人魚，唯有她是人魚，才會一直對他的動向以及行為這麼在意與執著。

於是他發了狂孤注一擲，將陳映海丟入海中，但無論他怎麼嘗試，陳映海都沒有變成人魚。

這怎麼可能呢？陳映海一定是人魚，也非得是人魚吧！

因為衝突，所以他們三個和韓初恩與陳映海分開活動，當晚他躺在床上，劇烈咳嗽時，深刻感受到自己來日不多。

他忍不住哭泣，有些後悔吃下了人魚肉，但一想到自己此刻比雷家的任何人都還要接近人魚，卻又令他興奮無比。

而就在這個時候，他聽見了徐品超坐起身的聲音。

徐品超在下午發瘋暈倒後，醒來也一直呈現呆滯的情況，他現在精神狀況不穩定，所以雷向日也不打算跟他太多接觸。

「雷向日。」但這時，徐品超卻喊了他的名字，「我腦中的聲音跟我說，要我告訴你，陳映海是正統人魚，吃了她，你就能活。」

雷向日聽了馬上掀開棉被轉頭看向徐品超，「你說什麼？」

但徐品超卻只是兩眼一翻，再次倒在被窩上，昏睡了過去。

雷向日的心跳飛快，徐品超說過，他的腦中一直有聲音在歌唱，但是他什麼也沒聽見。

原先他猜，會不會是徐品超精神能力較弱，提早發瘋罷了。

但此刻他卻想起，家族曾說過，人魚的歌聲雖可媚惑人類，但也是有輕重之分，全看波長有沒有合到。

或許徐品超正是波長和人魚很相近的人類，才能如此容易被影響。

那是誰透過徐品超跟他說話的？

也是正統人魚嗎？

但無論怎樣，他目前能活下的唯一機會，就是吃了陳映海。

Chapter.04
泡沫

陳映海透過歌聲的催眠，問出了雷向日這些事實。

而令她感到不敢置信的是，有其他正統人魚透過催眠，讓雷向日來獵殺她。

為什麼？她做了什麼？

是因為她動作太慢了嗎？

還是她三番兩次對韓初恩起了惻隱之心，甚至對他表露了人魚身分後，還要放他離開，導致正統人魚們不高興了？

她們要懲罰她？

「是誰！」陳映海高亢地尖叫，那聲音穿越海底，震撼了海底世界的生物。

但是，不會有人魚回應。

人魚真正的棲息之地，是在人魚之島下方深處，在深到人類無法探查、深到幾乎沒有其他海底生物存在之地，那就是人魚真正的棲息之處。

人類所見的人魚，大多都是再生人魚，她們負責戰鬥、搗亂人類。而正統人魚時常上岸或是巡邏海洋，就是為了掌握人類動向。

唯獨人魚后，她幾乎一輩子都在最深、最黑的地方。

人魚后身形巨大、動作遲緩，只管生產，不會對各種事情發表意見，雖然她的話語是絕對的權威，但大多時候，人魚后都靜靜地待著。

然而人魚后對正統人魚只有立出一條規矩，便是她們不得自相殘殺。

所以人魚們才會蠱惑徐品超，要雷向日來殺了自己。

到底是誰會這麼做？

但陳映海忽然頓悟，這不是單一正統人魚決定的事情，而是全體的正統人魚都同意要除掉陳映海。

因為她們都認為，陳映海的作為影響到了人魚的存活。也就是說，此刻這邊的人全部都會死，先讓他們自相殘殺，最後正統人魚再出手解決殘餘的人。

她大笑起來，眼睛盈出淚水，在這時候她明白，自己被人魚們拋棄了，她失去了海底下的那個百年來的，棲身之所。

而雷向日看著陳映海落下了淚水變成了寶石，他的雙眼瞪圓，除了人魚血肉的傳說外，他不知道連眼淚都能成為財富，此刻，他的貪婪膨脹至最高。

「紅寶石，藍寶石……這是鑽石嗎？這該有多少錢啊，我的天啊，人魚這玩意兒，也太珍貴了吧！」雷向日伸手捧住那些閃閃發亮的寶石，然後馬上把它們塞入口袋之中。

「既然她們已經棄我於不顧，那我也不需要在乎雷家與人魚的恩怨了。」陳映海伸手就要掐住雷向日，但是他卻更快地跳開，忽然間就朝陳映海張口咬去。

「啊！」陳映海尖叫，只見雷向日毫無猶豫地，發狂咬著她的肩膀，咬出了血，連肉都快被撕扯下來。

對雷向日來說，這是一場你死我亡的鬥爭，他得活下去，把陳映海帶回家族，從此以後他的地位絕對不同以往，他們雷家會成為全世界最偉大的家族，能擁有無盡生命、無盡財富。

「生吃的人魚肉，就像新鮮的生魚片一樣，好吃、好吃！」雷向日滿嘴是血，他狂喜地高聲尖笑，明明該是人類的模樣，卻又不像人類。

或許人類自古以來就是妖怪，每一次的悲慘戰爭，哪一次不是貪婪人類引起的呢？

「我已經吃了妳的肉了，這樣我就已經好了嗎？」雷向日的手摸上自己的胸口，那強而有力的心臟傳來了劇痛，他咳出了血，也咳出了那塊肉。

而陳映海被咬掉肉的肩膀快速地再生了肉，身上的傷口也迅速恢復。

「為什麼呢？為什麼我已經吃了妳的肉，但我還沒好呢？」雷向日十分疑惑，難道是吃得不夠多嗎？要吃多少才是多？

他又撲上陳映海，飛快地啃蝕著她的肉、暢飲她的血，那甘甜、芬香的味道令他著迷、令他垂涎。

他發現劇痛逐漸減緩，這確實有效。但是還遠遠不夠。

看來，他得長時間地大量吃下陳映海的血肉，才能逐漸痊癒。

「我得把妳帶回去，關在牢籠，永生永世地擁有妳……」

陳映海悲鳴，劇痛使她眼裡流下無數淚水，成為了無數寶石。

人魚稀少且珍貴……只要擁有了一條，便一輩子高枕無憂。

韓初恩一邊奔跑，一邊掉著眼淚。

陳映海要他逃，他明明不該跑的。可是他還是跑了。

說著對生命毫無留戀的自己，在最後時刻卻還是選擇逃走嗎？

但是理性上他明白自己留下也沒有用，人類怎麼會是大群人魚的對手？

況且要是更糟的，他如果被其他人魚劫持，拿來威脅陳映海呢？

所以他跑越遠越好，他越是安全，陳映海越能無後顧之憂地對付雷向日。

況且，他還得帶走葉宜靜跟徐品超，他們是無辜的，他們必須活下來。

「葉宜靜！徐品超！快出來，我們要走了！」他大吼著，注意到遠方起了濃霧，空氣中傳來濃烈的魚腥味，尖細的聲音迴盪在遠方。

「那、那是什麼聲音？」葉宜靜哭喪著臉，從民房走出來。

「我們要走了，快點！」韓初恩吼著。

「但是、但是向日不在……」葉宜靜慌張地說。

「他不會走了，妳現在不走，等等也走不了了！」韓初恩十分焦急，那些聲音越來越靠近了，「徐品超呢？」

「我、我不知道，我醒來就沒看見他了。」

「什麼？」韓初恩愣住，他去了哪裡？

徐品超抵達這裡後，精神狀態就一直不太穩定，韓初恩篤定他一定是被人魚的歌聲給迷惑了，但無論怎樣，徐品超都是無辜的，他甚至是為了救自己才跳下海的。

「可惡啊！」無論怎樣，他也得救到徐品超才行。「山洞那裡有一艘船，先去船那裡會合。」說完他就轉身要往樹林奔去。

「等一下，我一個人……我不敢啊！」葉宜靜哭喊。

「如果不敢的話，我們全部人就會死在這裡！」他沒有給葉宜靜思考的時間，快速朝樹林間來回奔跑著，他得用最快的速度找到徐品超。

他希望能救走徐品超和葉宜靜，嚴格說起來，他們對人魚的事情完全不清楚，回到原本的世界後，他們很快會覺得這裡發生的一切才是夢，是不真實的，是因為恐懼而產生的幻覺，是創傷症候群。

所以，他們可以活下來，人魚可以放過他們。

只要他們一輩子都不再提起人魚、不再提起這座島的話……

韓初恩焦急萬分，這座島並不大，他一定可以很快地找到徐品超……等等，他發現眼前已經被白霧籠罩，濃霧這麼快就到了這嗎？濃霧從來沒有抵達小島上過，這表示再生人魚也上來了嗎？

再生人魚不是沒有辦法變成人類嗎？只有魚尾的她們，應該是沒辦法上岸才是。

但很快地，韓初恩感受到炙熱的溫度，還有嗆鼻的味道，眼睛也因煙燻而流淚。

他意識到這並不是濃霧，而是煙，這煙量大得驚人，讓韓初恩劇烈咳嗽起來。

「徐、徐品超？」他大喊著，聽見了樹枝燃燒的聲音，他意識到這是場森林大火，瞬間黑煙襲來，刺鼻嗆味，他得先離開樹林，否則會被波及。

但就在他準備要離開的時候，他看見了前方的火光，紅色的光芒燃燒得劇烈，燒毀樹枝發出的劈啪聲響不絕於耳，密集得令人恐懼。

「哈……哈哈，這樣子，就誰都逃不了了！」徐品超手拿火把，一邊狂笑著一邊將火把四處點燃著枯葉。

天空豔陽高照，炙熱的溫度與高溫的火，使得這裡令人難以待著，韓初恩滿頭大汗，卻覺得冰冷至極。

「徐品超！你在做什麼！」他立刻大吼著，而徐品超轉過來，他的表情與往日完全不同，那精神失常的模樣，從眼神便能感覺到他的瘋狂。

「韓初恩，我們誰都逃不掉，除非我們殺了陳映海，那她們就會放我們走。」

他簡直不敢相信自己的耳朵，「你在說什麼？」

「聲音啊！你沒聽見一直迴盪在空中的聲音嗎？要我們大家齊心殺了陳映海，這樣子她們就會饒過我們，就會讓我們離開這座小島。」

他壓根沒聽到什麼聲音，不對，的確有聲音，是遠方再生人魚的咆哮，但那並不能成為有意義的隻字片語，不過都是無法形成語言的吼叫。

「徐品超，不要聽那些聲音的話，我們有船，我們可以搭上船逃離這裡！」

他咳嗽著，那煙霧太大，雙眼幾乎睜不開，灼熱的溫度也令人絕望。

「船？我們就是從船上掉下來的啊！我們就算真的搭上了船，又怎麼逃出這座小島？人魚們可以從海裡把我們帶走，我們死路一條，除非我們聽她們的話，殺掉陳映海啊！」

「你傻了啊？就算殺了陳映海，她們也不會放我們走！」韓初恩大叫，「人魚終其一生都不想被發現，現在你都知道人魚真實存在了，你覺得她們真的會放過我們嗎？」

「會！她們說會！」徐品超不理會韓初恩，繼續點著火，「陳映海也是人魚，她不好殺，她的鱗片有保護作用，島上沒有武器可以一刀砍斷她的頭，所以我得趁著雷向日拖住她的時候，一把火燒掉這座島，讓她沒有時間跳回海中……」他喃喃著，韓初恩渾身顫抖。

他無能為力，他沒辦法解救著魔的人。

於是他往後退了幾步，「對不起，徐品超，你是為了我才會在這裡，你說對了，我是想死，因為我找不到活下來的意義，但是在這裡，我感受到了能活著是場奇蹟，現在我想離開這裡，但我不想獨自離開。」他哭了起來，「拜託你，徐品超，跟我一起走吧，周文也在等你啊……」

聽見周文的名字，徐品超停下了點火的動作，他愣愣地唸著周文的名字，「但是，我們出不去。」

海上的濃霧愈發強烈，那些歌聲逐漸變大，他們就算上了船，也會被再生人魚們干擾。

但是，他們待在這裡，也不會有任何改變。

「與其都是死，不如力拚一博再死去吧。」韓初恩說著，而徐品超看著他。

徐品超停頓了很久，雙眼時而清明、時而混沌，他在跟腦中的歌聲對抗，濃煙嗆得兩人淚流、咳得厲害。

最後，徐品超還是轉過頭繼續點火。

「沒有周文，我沒辦法……」他斷斷續續地說著，眼淚不斷流出，表情痛苦，「沒辦法……抵抗……」手上的動作未曾停歇，韓初恩放棄了。

「對不起……」他說著後轉頭，至少他得救下葉宜靜。

於是他一路跑往沙灘，發現整個天空幾乎黑煙密布，島上的樹林熊熊大火，覆蓋了一切，連白色沙灘也都染上了煙灰，而一艘快艇就在前方。

「韓初恩！」葉宜靜站在山洞口慌亂地大喊。

那艘船，是昨晚陳映海提早帶出來的，即便韓初恩說想要留著陪她，但陳映海還是希望韓初恩可以生活在人類的世界。人類與人魚終究是不同物種，他們是敵對關係，也是食物鏈關係。

陳映海早就決定好，一定要送走韓初恩。

「好可怕，我們會死，嗚嗚……」葉宜靜歇斯底里地喊，濃霧中有許多黑影，遠方傳來了許多令人不安的歌聲，她彷彿還在海面下看見了無數的臉。

她只是想出來玩而已，怎麼會遇上這種事情。

「不要怕，我們快走！」韓初恩喊著，馬上拉起葉宜靜跳下海裡，冰冷刺骨，有東西在他們的身邊徘徊遊蕩，但卻沒有拉下他們。

葉宜靜被韓初恩從海裡往快艇的樓梯推去，兩個人終於上了快艇，發動後毫不猶豫就要往前方駛去。

他回頭看了小島，大火覆蓋了整座樹林，湛藍的天空被黑煙覆蓋，原先清澈帶藍綠的海洋也成為了人魚張牙舞爪的墓園。

韓初恩準備加速催油門離開時，卻看見了滿身是血的雷向日從大火的樹林中走了出來，他的身體被火吻而潰爛，但卻又在下一秒全部癒合。

「韓初恩！」他帶著狂喜大喊，而他的手上拉著銀白色的長髮，陳映海被他拖在地上，她的下半身已成魚尾，「你要丟下陳映海嗎？」

韓初恩愣住了，他沒想過陳映海會輸，她的力氣這麼強大，她還有鱗片保護，她怎麼會……

「腦中的聲音告訴我囉，人魚的弱點。」雷向日滿口鮮血，而陳映海的身上都是咬痕與血，怎麼會沒有恢復呢？

「人魚雖然無敵，但是只限於海裡喔！而人魚如果要發揮百分之百的力量，一定得恢復原形才行。可是如果在陸地上恢復原形，那又是她們最脆弱的時候，皮膚不可以碰到沙子或是任何炙熱的東西，否則會延緩癒合的時間，也會讓她們感到宛如被火燒的疼痛。還有，人魚肩膀以上是沒有鱗片的，所以那是她們的弱點喔。」雷向日大笑著，滿意地看著熊熊大火，「這場大火還真是時候啊。」

「嗚……」陳映海痛苦地掙扎，但卻沒有力氣。

連人魚的弱點都告訴敵人，正統人魚們的確是想要她死，她被族人背叛，這種痛心讓她無力戰鬥。

雷向日吃了自己的肉，他正在成為長生不老的人類，因此此刻沒有人是他的對手。

「映海！」韓初恩大叫著，立刻返航。

「不、不要啊！」葉宜靜驚恐地大喊，她抓緊一旁的扶桿想要阻止失控的韓初恩，但是快艇不受控制，海底下似乎有許多東西推進著他們的船，要將他們往沙灘上衝去。

快艇從海面上加速衝至沙灘，一路滑行到雷向日面前，他不害怕也不閃躲，因為沙灘的阻撓，快艇停了下來，強烈的撞擊使得韓初恩的頭撞到了前方玻璃，流出了血液。而葉宜靜也飛了出去，重摔在沙灘上。

「啊、啊啊……」葉宜靜痛得大喊，她的骨頭像是斷了。

韓初恩瞪著雷向日，找尋船上有沒有什麼可以當做武器的東西，發現座位下方有工具箱，他拿起鐵鎚就往船下跳去。

腳踩在炙熱的沙子上，大火讓他難以靠近，隨著風向，餘火一度吹往了韓初恩，落到了他的肌膚上，烙印下疤痕。

他很痛，但他不能退縮。眼前的雷向日現在是全新的怪物，他看見雷向日的口袋塞滿了滿滿寶石，而有更多的寶石從陳映海的眼睛裡落出，隨著他們一路走來，沿路上都有寶石。

「你……」韓初恩失去了理智，被憤怒蒙蔽了眼，他拿起鐵鎚就往雷向日奔去。

「韓初恩，你得獻祭給人魚才行啊。」雷向日一笑，用臉硬生生地接下了韓初恩的鐵鎚，那使得他顴骨破碎，但是當鐵鎚拔起，原先臉上的凹痕像是果凍般又恢復了原有的模樣。

「咿……」葉宜靜瘋狂地大叫，她看見了不可置信的一幕。

「你們，都獻給人魚好了。」雷向日陰邪地笑了笑，「我可不能留下活口。」

韓初恩沒有放棄，他拿鐵鎚瘋狂地敲擊著雷向日的手，想要讓他鬆開抓住陳映海的頭髮，但是卻徒勞無功。

雷向日重重的一拳打在他的肚子上，順勢搶過了他的鐵鎚，一記就打往韓初恩的背部。

「嗚！」劇烈的疼痛襲來，韓初恩差點就要暈倒。

「初恩！」陳映海尖叫。

「半死不活也是活吧？反正都要吃，完整或是破碎應該也沒關係？」雷向日把玩著手中的鐵鎚，朝上丟著握住頭錘，接著又上丟握住握柄，接著奮力朝韓初恩的頭顱打去。

這一下可不是開玩笑，韓初恩頭破血流，幾乎當場暈眩，劇烈的疼痛讓他倒在地上無法行動，四肢開始顫抖，溫熱的東西從後腦溢出。

他的頭破了一個大洞，傷重到即便立即手術也難以存活，但是韓初恩還是努力保持清醒，可是他無法動彈，也無法抑制身體劇烈的抖動。

他知道自己的生命正在流逝，但是他不能死……不能在陳映海面前死啊。

「初恩！」陳映海傻了，「初恩、初恩啊！」

韓初恩口吐白沫，眼睛上吊，渾身顫抖，陳映海放聲尖叫。

那聲音痛徹心扉、響徹雲霄，極高的音頻讓所有人頓時捂住耳朵趴了下來，靠得最近的雷向日和韓初恩耳朵噴出血，但雷向日極快癒合，卻又再次破裂。

她的尖叫，引來了在濃霧中遊蕩的再生人魚，她們隨著霧氣爬上了岸，身體暴露在陽光之下。

那發青又發紫的肌膚，像是泡水許久，血管明顯，每隻人魚的長相都是一樣，銅鈴般的大眼，尖細的指甲，還有那些綠色的魚尾。

她們一條條爬上了沙灘，葉宜靜見狀嚇得要逃離，但她雙腿都斷了，只能不斷在沙灘上爬行著掙扎。而拿著火把一臉痛苦的徐品超滿身黑炭與燒傷，從樹林另一邊走了出來。

徐品超見到這群人魚大軍從海底爬上來的模樣，嚇得亂竄，大喊著：「不要殺我，我已經照妳們的話做了！不要殺我！」他嚇得亂了方寸，把火把往人魚大軍裡一丟，火迅速燃燒起來，再生人魚發出激烈吶喊，她們在火中舞動，卻沒有死去。

一部分再生人魚把目標轉移到徐品超身上，將他死拖活拖地，想拉入海中。「妳答應過我的！會讓我活下來的！我要活下來！我不要死！」徐品超瘋狂大叫，不斷掙扎，但再生人魚的數量太多，一路將他拽往大海，沒有人有辦法插手。

而另一部分的再生人魚攻擊因斷腿而緩慢爬行的葉宜靜，啃食著她的腿，那撕心裂肺的痛使得葉宜靜暈眩過去，命在旦夕。

「這些東西來了又奈我何？我不老也不會死，我是無敵的！」雷向日瘋狂笑著。

「不老不死，是一種詛咒！」陳映海狂叫，她伸手抓了雷向日，張大了嘴咬住他的脖子。

「賤種！」雷向日吃痛地用力把陳映海往一旁摔，她的身體全部碰到了沙子，感受到了宛如被硫酸侵蝕般的疼痛。

她連變回人類的力氣都沒有，她必須得回到海裡才行。

可是……韓初恩倒在血泊之中，他的氣息微弱，他的生命僅存一絲氣息。

「不……不……」陳映海大哭起來，她的眼淚不再是寶石，而是血。

人魚的血從她的眼中流出，她發狂地尖叫，渾身因滾燙熱沙而造成的潰爛都不及此刻她的心天崩地裂的碎裂疼痛。

「哈哈哈，這下子，我可以把妳帶回去獻給家族，讓我們成為……」

忽然間，在沙灘上爬行的再生人魚停下了動作，而海上的霧氣散去，海面上明顯隆起了一塊異常的海水。

雷向日盯著看，只見一個人形隨著隆起的海水湧出，閃耀如紅寶石的紅髮在海水褪去後出現，精緻五官，湛藍寶石眼的女人出現，海水來到她的腰間，可見她身上琥珀色的鱗片在陽光照耀之下發亮，而她的魚尾則隱約可見是深橙色。

「又一條人魚！我發達了，我真的辦到了，我成功了！」雷向日狂喜地喊，而眼前的人魚只是一笑。

「你們想囚禁永生的人魚，難道就沒想過，我們也想囚禁永生的人類嗎？」人魚冷笑，那美豔卻又毫無人性的表情，令人心生畏懼。

「什麼？」雷向日一愣，「不、不是這樣，不可能是這樣！」

「這裡，可是我們的地盤，你利益薰心到看不清最基本的現實嗎？」紅髮的人魚手一揮，再生人魚立刻快速向前爬去，抓住了雷向日的身體。

「滾、滾！」雷向日慌張地要朝樹林爬去，但是再生人魚無盡地從海水中爬出，他殺了幾隻，就又有更多隻從海裡爬出。

「不、不！我是無敵的，我獲得了不老不死的能力，我是全世界最……撲嚕撲嚕嚕——」

雷向日的喊叫聲在被再生人魚拖著往海裡去後消失，他雖不會死，但會感受到痛苦，他將永生永世在無法呼吸的海底深處，感受永恆的溺斃卻又復活，以及永生的啃蝕卻又痊癒，求生不能、求死不得。

陳映海瞪向紅髮的人魚，「妳們想殺了我？」

「我相信妳不會那麼容易死。」紅髮人魚嫣然，「謝謝妳幫我們尋到了永生的人類。」

「哪個才是妳們真實的目的？是要我死、還是要永生人類？又或是兩者皆是？」

「現在我們的想法已經不重要了，是妳自己的選擇了。」紅髮人魚一笑，「和妳相處的這百年來，還算愉快。」

說完，她沉入海中，海上的霧氣散去，風平浪靜。

陳映海看著僅存一口氣的韓初恩，這一刻她才真正明白，她愛上了韓初恩。

活過百年，見過無數人類的黑暗以及貪婪，她對人類沒有任何期望。所以才會對韓初恩印象深刻。他的靈魂純淨，即便遭遇不公與不幸，卻從來沒有怨懟任何人，甚至還能站在他人立場同理相待。

在生死存亡之際，他還是選擇要拯救朋友，也還是選擇回頭拯救自己。

善良的人，最後總是傷痕累累。

善良的人，卻被同為人類的同胞傷害。

「人魚之血可治百病，人魚之肉可長生不老，人魚之淚可化為寶石。」陳映海笑著，她的臉頰充滿血淚，她的肌膚正被沙融蝕著。

然後，她低頭親吻了他的唇。

從親吻之處發出了點點星光，那銀白的光芒從嘴迅速擴散到了韓初恩的四肢，毫無血色的臉恢復了紅潤，後腦的傷口迅速癒合，而韓初恩倒抽一口氣睜開了眼睛。

「映海！」他看見了臉上都是血的陳映海，立刻捧住她的臉，「妳沒事吧？我馬上帶妳回海裡……」

「不用了，初恩。」陳映海抓住他，那美麗的魚尾無力地拍打了下，「陪我，最後。」

「最後？」韓初恩愣住，「什麼最後？」

「人魚，還有一項奇蹟。」她落淚，身體逐漸變得透明，「得到人魚的吻，表示得到她的愛、她的命、她的能力。」

「什、什麼意思？」韓初恩不敢相信自己聽到了什麼，但是他確實感覺到身體裡每一條血管中奔流的血液，好像比以往強勁且快速，他的心臟跳動得劇烈，但卻不疼痛，他每一次的呼吸都十分深層，站在這就能夠聞到山洞裡的潮濕海藻，而他的眼睛變得更加清明，相比以前的視力簡直就是深度近視，如今他看得遠也看得清楚，彷彿連空氣中的塵埃都能瞧見。

「妳讓我吃了妳的肉嗎？」他有些顫抖，見到陳映海的身體似乎開始冒泡。

陳映海虛弱一笑，搖了搖頭，「人魚的吻，是人魚最大的秘密。得到人魚的吻，便能以人類之身擁有人魚能力，只是……」

「妳這是怎麼回事啊……妳的身體是怎麼……」韓初恩急得掉下眼淚，淚珠從眼裡出來是液體，但還沒滑落到下巴就已經變成了七彩的寶石。

「殺死人魚的方法除了砍頭……還有另一種。童話故事並非全然虛假，當把吻給了另一個人類時，就會化為泡沫。」陳映海流下淚水，而這一次，是真切的熱淚，「諷刺的是，童話故事結尾，明明是其他姐妹來幫忙解救女主角，但是我的現實卻是其他姐妹要殺掉我……」

「為什麼！為什麼妳要這麼做？妳這樣會死的啊，化為泡沫，完全消失啊！」韓初恩崩潰似地大吼，許多碎寶石不斷滑落。

「如果我不這麼做，死的就是你了啊……事實上你剛才的呼吸幾乎停止了，只有這麼做才能救你……我不想要你死，因為我……我愛著你，我希望你活著。」陳映海伸手摸上了韓初恩的臉，而她那銀白的魚尾逐漸消失，化為泡沫。

「不、不，不要走，不要丟下我一個人。」韓初恩緊緊抱著她，卻只能感受到逐漸減輕的重量，還有那些泡沫蔓延著。

「聽我說，快要沒有時間了……」陳映海用力抓著韓初恩的肩膀，認真看著他，滿臉淚水地說著：「真正的八百比丘尼並不是吃了人魚肉，她跟你一樣，獲得了人魚的吻，得到人魚的愛。從今以後，你將獲得真正的永生。你的血可以治癒他人，你的肉可以使人長生不老，你是獲得人魚能力的人類。」

然後她撐起了美麗的微笑，那雙銀白寶石的眼睛滿溢著愛，「對不起，我知道對你來說很殘忍，讓不想活的你永生活著。但，你不是孤單的。在無盡的生命之中，你一定會遇到那些同樣獲得人魚的愛而永生的人類。」

陳映海吻了韓初恩，溫暖又炙熱，帶著海水的鹹味，以及她獨特的香味。

「你可以去尋找那些吃了人魚肉而永生的人類，你可以找到無盡生命的意義。」她笑著，最後一抹笑容化為了泡沫。

至此，陳映海永遠消失了，只剩下白色的泡沫留在沙灘與韓初恩的身上。

「不、不……」韓初恩尖叫。

他還來不及說自己也愛她，他什麼都沒有做到，所有人都死了，只留下他獨活了。

這實在太痛苦了，他在極短的時間感受到了活著的美好，在極短的時間愛上了一個人，卻沒想到也在極短的時間失去所有。

他拿起一旁的鐵鎚，用力敲了自己的頭顱，這一次他不要獨活，他也要一起走。

然而劇痛傳來，溫熱的血液流下，但卻瞬間癒合。

「什麼？」韓初恩愣住，立刻用鐵鎚再次瘋狂地敲打自己，但除了疼痛以外，傷口都以極快的速度痊癒。

「連死的權利都被剝奪了……」他痛苦地彎下身，用力捶著沙灘。

炙熱的溫度與濃煙該是致命，但對韓初恩絲毫沒有傷害。「嗚……」沒料到葉宜靜發出了一些聲音，韓初恩愣了下，連滾帶爬來到葉宜靜身邊。

她氣若游絲，真的只剩下最後一口氣了。

於是韓初恩用力咬了自己的手腕，深可見骨，但這疼痛也比不上心的痛。

他立刻讓大量的血灑在葉宜靜受傷的部位，那原先骨折的雙腿瞬間癒合，而臉上的傷口也痊癒。但是葉宜靜還沒醒來，韓初恩哭著將葉宜靜抱著往海裡走去，碎寶石灑了一地，落入海中，他不能再哭泣。

一哭，眼淚就會變成寶石，他終其一生都不能在其他人面前哭。

他一路往海走著，走著，直到浮在海面上，韓初恩感受到自己對於海的感覺不同以往，不吃力、不辛苦，他能很輕鬆地在海裡游泳。

「韓初恩。」紅髮人魚出現在他身邊，悄然無聲，這讓韓初恩一愣。

「妳要來殺我嗎？」韓初恩心死地看著她，跟陳映海一樣美得宛如不是這個世界的生物，但卻沒有陳映海的人性。

「映海把生命給了你，我們不會獵殺同為人魚的你。」紅髮人魚一笑，「而我相信，你也不會把自己的事情告訴其他人類，因為對你而言沒有好處。因為比起去抓海裡的人魚，雷家人抓你更快，你和正統人魚擁有相同的效果，然而你的力氣卻不像我們一樣大。」

「……」

「我們能放你走，但是你身上那個人類交給我，她知道得太多了。」紅髮人魚毫無人性地說，她出現的目的，就是不留活口。

「拜託你放她一馬吧……她不會說的……」

「如果她說了呢？」

「我會親手殺了她。」

紅髮人魚不置可否，將一小瓶玻璃瓶交給他，對韓初恩挑眉。

「我們有無限的時間可以印證你說的話。」

「我們可以離開了嗎？」他緊握著那瓶玻璃瓶，面無血色，心痛得宛如死了一般。

「你往這前進，過不久會看見巨大礁石，我們會散去這片霧，救難隊很快就會找到你們。」紅髮人魚盯著依舊昏迷的葉宜靜，「記得，封好她的嘴。希望我一時的惻隱之心，不會像映海那樣後悔莫及。」

「映海不會後悔的。」韓初恩說著，「她說她愛著我。」

「哈！」紅髮人魚笑著，「我見過幾次正統人魚的死亡，每一次都是因為愛。愛，會害死我們。」

「不是……」韓初恩用力搖頭，他想起了自己的爸爸、媽媽還有妹妹，還有陳映海做的一切，「愛能拯救我們。」

紅髮人魚瞇眼，「那你就用無盡的餘生，來向我證明這個理論吧。」

「或許，這就是我活著的意義。」他說。而紅髮人魚不置可否，潛回了海裡。

韓初恩手放在葉宜靜的腰部，快速地向前方游去，果然不久便看見了巨大礁石。他們待在那等待濃霧散去，當葉宜靜醒來時先是尖叫，韓初恩立刻摀住她的嘴。

「妳冷靜聽我說，我們已經逃出來了，但是妳得忘記我們遭遇的那一切，妳要當作我們醒來後就在這，沒有和其他人相遇過。」

「他們、他們都死了嗎？被人魚吃了嗎？」葉宜靜驚駭地看向自己的腿，「我也……咦？我……我沒事？」

「不要問，忘記人魚這兩個字，妳這輩子都不能提起，無論遭遇什麼都不能說，否則她們會追殺妳，妳也知道其他人的後果，妳也看過那些東西。我們是好不容易逃出來的，要珍惜妳的生命。」

「咿……為什麼、為什麼……」葉宜靜無法接受，她又是笑、又是哭。

到底是清醒著接受事實，但一輩子走不出來好呢？還是就此瘋癲，活在另一個世界好呢？

「如果妳做不到的話，就現在跳下去吧，那些人魚會在下面等妳。」

「不、不不不，我不會說的，死也不會說。」葉宜靜奮力搖頭。

韓初恩知道，葉宜靜會是個隱憂，一直到葉宜靜死的那天，都會是他內心的刺。

如果雷家人找上他們，想要問清楚雷向日的失蹤呢？

如果葉宜靜露出馬腳了呢？

他好累，他不想去思考這些事情。

他相信此刻的決定沒有錯……他願意如此相信……

不知道過了多久，他們聽見了螺旋槳的聲音，葉宜靜從礁石彈跳起來，看著上方的直升機，不敢相信他們獲救了。

她奮力跳著，揮舞著手，「我在這裡、我們在這裡！」

而韓初恩也坐起身，看著上方的直升機。

他口袋裡的，是紅髮人魚交給他的，裡頭裝著鮮紅的液體，不用她明說，韓初恩也知道，這是再生人魚的血。

要是葉宜靜有一點點、一點點的怪異，要是葉宜靜說了出去……

他真的不想去思考這些事情，看著遠方的救生艇，韓初恩只想好好睡上一覺……

當他醒來時，是躺在醫院的病床上。

他的身邊沒有人，不過一旁的家屬床卻放有行李。

韓初恩坐起身，自己居然是在單人病房裡，他有錢負擔嗎？

但這個念頭剛出現，他馬上失笑，才剛回到現實世界，他的擔憂馬上也變得現實了嗎？

忽然病房門被打開，進來的是叔叔，他似乎正拿著文件觀看，而當他靠近病床發現韓初恩醒時，震驚地張大嘴，接著老淚縱橫。

「初恩！你醒了啊，你知道我有多擔心嗎……」他馬上衝了過來抱緊韓初恩，這讓他很是驚訝。

他不知道，叔叔會這麼擔心他，甚至還哭了。

「外面的記者是想要待幾天，不讓人好好休息嗎？」門再一次打開，這次進來的是嬸嬸，她手裡提著一堆東西，一進來發現叔叔和韓初恩抱在一起，先是一愣，然後馬上關起病房門，並把東西放到一旁沙發上。

「沒事嗎？有沒有哪裡不舒服？」嬸嬸冷靜地問。

而韓初恩還在震驚叔叔的眼淚與擁抱，只能愣愣地搖頭。

「那吃得下東西嗎？」嬸嬸又問，「我帶了鱸魚湯，很清淡，如果能喝就喝吧。」

「你嬸嬸她從你獲救的第一天開始，就照三餐煮鱸魚湯帶來，確保你無論何時醒來都有熱的鱸魚湯喝。」叔叔一邊擦著眼淚一邊笑著說。

「你不說話沒人當你是啞巴。」嬸嬸用力拍了叔叔一下，然後從原先放在椅子上的保溫袋拿出了一個大的不鏽鋼保溫杯，「來，趁熱喝。」

韓初恩雖然有些搞不清楚狀況，但是卻在這刻明白，他還是有關心自己的家人存在。

他得忍住，不能跟著哭泣。

他已經不是人類了，在他所認識的人相繼死亡後，他便永生孤獨了。

他得花時間去尋找其他吃了人魚肉的人類，窮極一生尋找曾經是傳說的存在，有一天，或許他也會成為傳說。

「不合口味嗎？」嬸嬸有些擔憂，這讓韓初恩回神。

「不，謝謝嬸嬸。」他喝下了魚湯，溫熱的液體流入他的食道至胃部，他覺得好溫暖。

他的血液還是熱的，他的身邊還有關心他的人。

他的生命，是被這一生他唯一摯愛的人魚所救，她化為泡沫，永遠消失。

希望在韓初恩漫長的人生結束後，還能與她相遇。

他還有無盡的時間，能去追尋答案。

那關於愛的奇蹟、永恆的意義。

活久一點，總是能遇到令你意想不到的事情。

這件事情引起了很大的討論，落海的學生只剩兩個人活著。

而他們都宣稱不知道其他人的去向，只有他們兩個一同落在礁石上好幾天。

可是他們氣色不錯，也沒有脫水跡象，更甚至還有穩定進食的狀況。更別說，他們的身上穿的衣服與落海時不同。

然而，兩人都說不知道怎麼回事，他們沒有記憶，唯一的記憶就是在那礁石上。

這引來了廣大討論，許多人說或許是海上版本的魔神仔，也有少部分媒體提到了人魚傳說，更是查出他們此趟澎湖行便是要探訪人魚傳說。

當然這一些，他們一概否認。

可是韓初恩看過葉宜靜被問話時的顫抖，還有那飄忽不定的眼神。

他真的不確定葉宜靜會不會承受不了壓力而全盤托出，或許就得看，哪一方的恐懼更深了吧。

周文和江芳瑩在幾天後便來到醫院探病，兩個人都哭紅了眼，周文更是下跪道歉，他把所有的錯誤都往自己的身上攬去，認為所有人遇難都是他的錯。

「你真的沒有見到徐品超嗎？」周文懷抱著希望。

「沒有，只有我和葉宜靜待在一起。」韓初恩篤定地回答。

「那或許……他也還在某個地方等待救援吧。」周文低聲說，「我得快點繼續找他了，他一定還活著。」

韓初恩沒有回答，被帶入海底的徐品超凶多吉少，但他什麼也不能說。

在周文離開後，一直盯著他看的江芳瑩開口，「韓初恩，你看起來好冷靜呢。」

「因為我現在很安全，所以我很冷靜。」

「但是對比宜靜，你實在太冷靜了。她就像是被嚇壞了一樣，而且還隱瞞了什麼的感覺……但是你卻不同。」

「我們在海上發生什麼事情，我不知道。我感覺看見了很多不存在這個世界的東西，但我分不清是夢是現實，我只知道自己獲救了。」韓初恩平淡地說著，「經過了這一趟旅程，我覺得自己不一樣了。」

「你把這稱作為旅程嗎……？」江芳瑩不敢置信，「但你好像真的不太一樣了……」

「我覺得累了，想要休息了。」他下了逐客令。

「那你好好休息吧。」江芳瑩抿了下嘴唇，「但我很高興可以再次見到你，你們能活下來，真是太好了。」

江芳瑩離開後，韓初恩的眼睛裡掉下了一顆寶石。

他立刻將寶石收到抽屜之中，那裏有著許多大小不一的寶石。

他依舊會因為傷心、難過、感動、無力而掉淚，那些眼淚卻無法展現在外人面前。

他意識到自己不需要等到認識的人都離世後才變得孤獨，此刻，他已經是孤獨的了。

他無法分享所有事情給身邊的人，他永遠都得自己走下去。

然而，他想起了陳映海所說的話。

這個世界上，還有隱密生活著的，那些曾經得到人魚之吻，被人魚愛著的人類。

他們，才是這世上唯一的同族。

韓初恩深吸一口氣，或許，他們落海又獲救的新聞，也會傳到那些人的耳中。

他來到窗戶前，看著停車場的黑色轎車，已經停在那好幾天了。偶而，車上的人會下車買些東西，然後又回到車上。

而有些人，會頻繁地經過他的病房門口，更甚至在樓下監視著他。

他知道，那是雷家的人。雷向日的失蹤，他們絕對知道和人魚有關。

從他這裡，他們得不到答案。

但是從葉宜靜那裡，就不確定了。

他救了葉宜靜是錯誤的選擇嗎？會不會最後自己也落得跟雷向日一樣的下場呢？

他是不是該趁著現在就殺了葉宜靜？

但若他要殺了她，又何必帶她出來？

他到底該怎麼做？在這漫長的人生當中，他會遇見幾次這樣的兩難抉擇？

「映海，妳會怎麼做？」

他喃喃低語著，卻永遠得不到回應。

但時間會帶來答案，韓初恩回到床上，現在，他只想好好休息。

在永生的生命之中，或許有一天，他能再次與她相見。

「我們，總有一天會見到面的吧？映海。」

很久很久以後，在海底深處，會誕生新的正統人魚。

她從泡沫而生，銀白色的長髮飄逸，象牙白的寶石眼，以及些些帶綠的白魚尾。

她還很年輕，得在深海摸索個好幾百年，之後才會化身人類穿梭在你我之間，找尋合適的人選帶回海裡。

但是已經不需像幾百年前如此頻繁引誘人類了，因為在深海有座牢籠，囚禁著一位百年前吃了人魚肉的永生人類。他的血與肉提供給她們需要的養分，使得人魚們更能隱密地與人類共存在這個地球上而不被發現。

而也在很久很久以前，徒步的少年終於在某座海島的洞穴，找到了另一個女人。

女人原先有些驚慌，但是卻聞到了熟悉的味道。從少年的血液裡散發出的深海氣息，她清楚了眼前的少年獲得人魚之吻，而成為人魚的化身。

「活了這麼久……妳找到生命的意義了嗎？」少年詢問。

「那你呢？」女人回。

他們有好多旅程可以分享、好多醒悟可以討論。

他們見過和平也見過亂世，他們愛過人也曾被愛過，他們與人相聚過也離散過。

生命的意義，依舊是無法參透的謎。

就如同四散的泡沫一般，虛無，卻又確實存在著。

——全文完

後記

化為泡沫

我記得小時候第一次看《安徒生童話》版本的《小美人魚》非常震驚，怎麼會有化為泡沫這種結局出現在小朋友的故事當中呢？

我甚至常常想著，如果是我一定會想要活下去，反正王子都不選我了，還笨到把救命恩人認錯，那我當然是回海裡啦！一定毫不猶豫讓刀子落入他的心臟，變回一條快樂的美人魚回到海中。

直到現在長大了，嘿很抱歉，想法依舊沒變哈哈哈。

而好在最後廣為人知的迪士尼版本，人魚和王子有了快樂的結局。

美人魚的傳說故事一直都為人津津樂道，從小到大也看了東西方各種不同的人魚電影或是漫畫，讓我對人魚有種說不上來的親切（？）

在決定寫下這本《泡沫》時，就決定結局是人魚為了救男主角而化為泡沫了。

其實一直到了結局，我都還在想要不要讓韓初恩變成一個更為「現實」的人，就像是不殺了王子就會化為泡沫的我會選擇殺了王子一樣。韓初恩明明知道葉宜靜會是個不定時的炸彈，到底在結尾要不要讓他使用那瓶人魚之血呢？

但最後想了想，還是別這麼做吧，就讓這份天真與善意保留下來，別毀了惻隱之心的美意。

其實在寫這一本的時候，腦中的畫面就像是電影一樣飛快地呈現，就連再次校稿的時候也覺得好像在看電影一樣。

我總感覺自己想講的，在故事裡都說完了，導致後記不知道要寫些什麼。

原先想著就讓故事停在那裡，連後記都不要有，好像也不錯。不過想起了曾經有讀者跟我說過，他習慣看完故事後再看看作者的話，這樣才像套餐有附上甜點一樣當個結束。

於是我想，如果我是讀者，看完這個故事我會有什麼樣的問題呢？

或許是陳映海在最後為什麼不選擇讓韓初恩抹上自己的血就好，而是要給他一個吻然後讓自己變成泡沫吧。

在我的設定之下，正統人魚的血的確幾乎全能。但是沒辦法讓碎裂的頭骨復原，所以這時候血已經對韓初恩沒有用了，必須得擁有人魚的再生能力才行。

拿玻璃來舉例，人魚的血只能恢復玻璃上的裂痕，但沒辦法修復已經打碎的玻璃那樣。

所以不是韓初恩死亡，就是陳映海死亡。

但即便兩個人都活了下來，他們也無法相愛更甚至相守。

或許這樣，對他們來說就是最好的結局了，只要活著，總有一天就還能再次相遇的。

希望大家喜歡這一本故事，另外得說，封面真的好美。

謝謝我的編輯懿祥，總是忍受我的拖稿，我也總是說著下次不會了，下次，絕對不會！！

也謝謝企劃乙甄，在每一次的新書發表會上忙進忙出。

謝謝皇冠，謝謝婷婷，讓這本《泡沫》能呈現在大家面前。

更是謝謝你們一路以來的支持，謝謝你們在茫茫書海中選擇了這本，那我們就下次見啦～

國家圖書館出版品預行編目資料

泡沫 / Misa 著 . -- 初版 .-- 臺北市：皇冠． 2025.06
面；公分（皇冠叢書；第 5228 種）（Misa 作品集；04）

ISBN 978-957-33-4296-0（平裝）

863.57　　114006062

皇冠叢書第 5228 種
Misa 作品集 04

泡沫

作　　者—Misa
發 行 人—平　雲
出版發行—皇冠文化出版有限公司
台北市敦化北路 120 巷 50 號
電話◎ 02-27168888
郵撥帳號◎ 15261516 號
皇冠出版社（香港）有限公司
香港銅鑼灣道 180 號百樂商業中心
19 字樓 1903 室
電話◎ 2529-1778　傳真◎ 2527-0904
總 編 輯—許婷婷
責任編輯—張懿祥
美術設計—單　宇
行銷企劃—謝乙甄
著作完成日期— 2025 年 3 月
初版一刷日期— 2025 年 6 月

法律顧問—王惠光律師

讀者服務傳真專線◎ 02-27150507
電腦編號◎ 593004
ISBN ◎ 978-957-33-4296-0
Printed in Taiwan
本書定價◎新台幣 320 元 / 港幣 107 元